아름다운 청춘

아름다운 청춘

© 낸시랭·소재원, 2012

1판 1쇄 인쇄__2012년 05월 20일
1판 1쇄 발행__2012년 05월 30일

지은이__낸시랭·소재원
펴낸이__양정섭

펴낸곳__작가와비평
　　　등　록__제2010-000013호
　　　주　소__경기도 광명시 소하동 1272번지 우림필유 101-212
　　　블로그__http://wekorea.tistory.com
　　　이메일__wekorea@paran.com

공급처__(주)글로벌콘텐츠출판그룹
　　　대　표__홍정표
　　　기획·마케팅__노경민 배정일 배소정
　　　디자인__김미미
　　　경영지원__최정임
　　　주　소__서울특별시 강동구 길동 349-6 정일빌딩 401호
　　　전　화__02-488-3280
　　　팩　스__02-488-3281
　　　홈페이지__www.gcbook.co.kr

값 12,000원
ISBN 978-89-97190-31-7 03810

아름다운 청춘

낸시랭·소재원 지음

작가와비평

작품 탈고 후

청춘에 대한 감사를

"소재원! 네가 왜 낸시랭을 존경해? 말도 안 돼!"

사람들은 내가 왜 누나를 존경하는지에 대해 의아하게 생각했어요. 그런 사람들에게 나는 당당하게 말했죠.

"너는 주위의 난관을 극복할 힘을 지금 가지고 있나? 도전할 용기는? 너만의 확고한 신념이 있어? 너만의 꿈은? 이 모든 걸 가지고 있는 여자야."

사람들은 그래도 비웃었어요. 내 주위의 사람들? 자기 잘난 맛에 사는 병맛 같은 사람들이죠. 좋은 대학을 나와서 좋은 직장에 다니는 사람들이 대부분이죠. 사람들은 거기에 만족을 하고 살아요. 나는 그런 역겨운 모습들을 보며 발끈하죠. 누나를 비웃는 모습이 너무 짜증나고 화가 났어요.

"임마! 네가 비웃을 자격이나 있어? 너는 지금의 직장이 네 꿈이었어? 돈은 많이 벌겠지. 그런데 말이지. 네가 꿈꾸던 직장이 바로 돈이라는 종잇조각이었던 거야? 보람은 있니? 예전 생각이 나네. 대학을 나와 이리저리 대기업에 원서를 넣었던 네 모습 말이야. '아무 데나 걸려라. 대기업이면 된다'라고 소원을 빌었던 네 초라한 모습. 그게 도전이라 할 수 있을까? 네 청춘에 미안하지도 않아? 미래를 위한 어쩔 수 없는 선택? 웃기지 마. 그건 가장 최악의 선택이야. 너는 그랬지? 대학도 네가 진짜 공부하고 싶은 과가 아닌 유망직종을 선택했지. 그리고 직장 역시 마찬가지였어. 지금은 돈쓰는 재미로 살아가고 있고. 네 인생이 처량하지 않아? 나는 지금 너와 비슷한 돈을 벌어들여. 나는 꿈을 이루고 내가 하고 싶은 대로 하고 살아도 돈은 들어오거든. 그녀도 마찬가지야. 자신의 일에 도전했고 지금은 당당하게 살아가고 있어. 나와 그녀가 다른 점이 뭘까? 아주 많지. 그녀는 나보다 더욱 적극적인 도전으로 훨씬 앞질러서 길을 걸어가고 있어. 부러움을 넘어선 존경이 나에게 다가왔어. 그래서야. 존경하는 사람과 집필을 하고 싶었던 이유는."

나 말 한번 진짜 잘했죠? 그런데 사실이에요. 누나와 공동 집필이라는 수를 둔 것은 바로 내가 존경하기 때문이었어요.

누나! 집필하는 동안 많이 티격태격했어요. 누나가 생각하는 글과 내가 생각하는 글이 달랐죠. 결국 문학은 내 분야이니 내가 원하는 문체로 글을 쓰겠다는 누나의 수긍이 너무 고마웠어요. 내 스타일의 글이라! 결국 누나는 학생이 돼서 나에게 글을 배워야만 했죠. 일정이 너무 많아 새벽 늦게 꾸벅꾸벅 졸면서도 끝까지 열정을 잃지 않고 따라와 준 누나에게 고마웠어요. 솔직히 화려한 문체를 쓰거나 영어를 쓰고 싶지 않았어요. 단순하게 우리가 느낀 진솔한 이야기들을 옛날이야기와 같이 들려주는 기분으로 집필을 하고 싶었거든요. 소설과 다른 우리의 인생이 준 선물과 같은 이야기들을 쓰고 싶었거든요.

다행이에요. 그래도 끝까지 이렇게 우리의 이야기가 완벽하게 탈고가 되어서.

누나!

오늘은 누나가 힘들었던 날입니다. 울었겠죠? 많이 울었을 거예요. 한꺼번에 닥친 모든 일들에 당황스럽기도 했고 힘들었을 겁니다. 링거를 맞으러 간다는 말에 왠지 모르게 가슴이 아파왔어요. 보통 아프면 간호를 하는 누군가가 곁을 지켜 주지요. 누나 혼자 침대에 누워 있을 상상을 하니 미안하고 안쓰러웠죠.

순수하기에, 마냥 어린아이 같은 맑은 영혼을 가졌기에 상처도 많이 받았을 누나예요. 그것마저 나는 존경하게 되었어요. 상처가 많으면 새살이 돋아날 때 더욱 단단한 살이 돋아나지요. 계속 부딪히다 보면 굳은살이 박혀서 느낌을 잃어버리게 되거든요. 가슴에 새살이 돋아나고 굳은살이 박히게 되면 감성은 사라지게 되지요. 그래서 사람들은 더 자극적인 무언가를 찾게 되는 것이고요. 나 역시 세상에 찌들어 조금씩 가슴의 감성이 딱딱해져 가는 것을 느끼고 있었어요. 그래서일까요? 작가로 데뷔하고 얼마 지나지 않아 쓴 소설들은 감성의 풍만함으로 사람들의 눈물을 자극했지만, 시간이 지날수록 딱딱한 문체들만 쓰게 된 것을….

누나를 만나서 다행이라 생각했어요. 누나로 인하여 되찾은 감성은 다시 독자들의 눈물을 자극할 수 있게 만들었거든요. 독자들이 내 작품에 극찬을 보내줬고요. 다시 나에게 사랑을 주게 되었거든요.

나는 누나를 보면서 수많은 감정을 느꼈어요.

당당하지만 여린 여자.

도전에 대한 실패를 두려워하지 않지만 사람에 대한 겁이 많은 여자.

용감하지만 두려움이 가득한 여자.

열정이 가득하지만 자신에게 여유를 주지 않는 여자.

사랑스럽지만 외로움을 느끼는 여자.

이 모든 여자의 모습을 가지고 있는 사람이 바로 낸시랭 누나였습니다.

내가 누나를 보며 가장 가슴 아팠던 일이 어떤 일이었을까요?

내가 역삼동 지구대 근처에서 술을 먹고 있었던 일을 기억해요? 누나가 중요한 행사를 끝내고 잠시 회식자리에 있었다가 전화를 해서 찾아온 날이었죠. 그날은 비가 부슬부슬 내리고 있었는데, 대리기사가 길을 못 찾겠다며 누나를 버리고 도망간 날이었기도 하죠. 누나는 또 다른 대리운전 기사를 불러서 겨우 나를 찾아왔어요.

우리는 석화에 소주를 한 잔 마시며 이야기를 나누었죠. 처음 느낀 것은 '누나가 정말 소맥을 잘 만드는구나!'였어요. 잘 마시기도 할뿐더러 누나 얼굴과는 전혀 다르게 생긴 석화를 맛있게 먹는 모습을 보며 신기하기도 했지요.

누나가 만들어준 술은 거부감 없이 속에서 잘 받더라고요.

그거 알아요? 나는 여자에게 술잔을 받지 않습니다. 그리고 평등사상의 위배라 생각하며 술잔을 권하지도 않지요. 그런데 신기하게도 나는 누나에게 만큼은 술잔을 받게 돼요. 그 정도로 소맥을 잘 만든다는 뜻이니 오해는 하지 말아요.

한참 들뜬 기분으로 이야기를 하고 있는데 누나가 침울한 표정을 보였어요. 그리고 부모님이 생각났는지 조금씩 눈물을 흘렸죠. 하지만 눈물은 그리 오래가지 않았어요. 내가 아는 누나는 절대 약한 모습을 누군가에게 보이지 않는 사람이니까.

그런데 나는 누나의 아픈 모습을 봤어요. 술 때문인지, 며칠 동안 바쁜 일정과 그림 작업으로 인해 밤을 지새운 탓인지, 누나는 꾸벅꾸벅 졸기 시작했고, 조는 동안 눈물을 흘리는 모습을 보게 되었습니다. 자신도 모르게 흘러내리는 눈물. 그건 사람들이 상상할 수 없는 슬픔과 힘겨움이 있는 자들에게만 행해지는 모습이었어요.

나도 모르게 당황했어요. 뜻밖의 모습을 보게 된 이유가 가장 컸지만, 귀엽고 발랄한 여자에게서 느껴지는 슬픔은 감히 감당할 수 없었거든요.

사람들이 누나를 이상하게 보는 것 같아 조심스럽게 눈물을 닦아주며 누나를 깨우려 했죠. 그때 누나는 흠칫 놀라며 나를 멍하니 바라봤어요. 내가 물었었죠.

"매일 이렇게 잠들었던 거예요?"

누나는 무슨 영문인지 몰라 나를 빤히 바라보았어요.

"왜 울어요. 매일 그렇게 울어요?"

그제야 누나는 방그레 웃으며 말했어요.

"주차장에서 울긴 해. 아주 가끔."

뭐가 그리 해맑은 건지. 아프면 아프다고 말하면 될 것을 왜 그렇게 스스로 감당하려는 건지. 짠한 마음과 함께 누나를 동경하고 존경하게 됐어요.

아! 절대 누나가 싫어하는 동정의 마음이 아니에요. 절대 아니니 오해하지 마세요. 다음 날 언제 울었냐는 듯이 당당하고 힘차게 걸어가는 누나를 보면 절로 감탄사가 터져나와요. 그런 누나의 행보를 나는 언제나 응원하고 있지요.

항상 해피하다며 자신에게 최면을 거는 누나를 보면, 어쩌면 그 모습이 세상의 모든 슬픔을 다른 사람들보다 먼저 겪었기에 가능한 일이라 생각해봐요.

사람들은 누나가 화려할 거라고만 생각하죠. 예술을 하고 방송을 하고 모든 분야에 도전하는 누나를 보면서 '아! 부럽다'라는 말과 함께 시샘 어린 댓글들로 누나를 아프게도 하지요.

만약 누나와 같은 삶을 살아보라 한다면 과연 어느 누가 흔쾌히 살아보겠다 말할 수 있을까요? 스스로를 채찍질해야 하는 삶. 뒤를 돌아볼 여유도 없는 삶. 외로움을 견뎌내기 위한 최면을 매일 걸어야 하는 누나의 삶을 사람들은 알기나 할까요?

단면만 보고, 그리고 화려한 모습만을 보고 이야기하는 그들이 정녕 누나의 아픔을 들여다본다면 경솔하게 키보드 자판을 두드릴 수 있을까요?

이 모든 걸 감당하는 누나를 존경합니다.

나는 누나를 신봉하는 한 사람입니다. 누나의 열정을 따라가고 싶은 동생이기도 합니다.

나는 긍정의 힘을 닮고 싶은 동경의 대상입니다.

나는 누나를 존경합니다.

세월을 많이 살았다고 해서 존경받을 수 있는 것은 아닙니다.

청춘을 무의미하게 살지 않았던 누나는 충분히 존경받아야 할 사람입니다.

사람들 대부분은 청춘을 잊고 살아갑니다. 거의 모든 사람들이 청춘의 열정을 버리고 살아갑니다. 스펙을 쌓는 일과 좋은 직장에 들어가는 일이 꿈이라 생각하는 그런 삶을 가지고 청춘을 유용하게 사용한다 착각합니다.

누나의 청춘을 닮아가고 싶습니다.

힘겨운 삶에서도 꿈을 포기하지 않고 타협하지 않으며, 자신의 꿈을 위해 끊임없이 도전하고 실행하는 누나의 청춘을 닮아가고 싶습니다.

원고 탈고가 끝난 뒤 힘겨운 일로 아파한 누나에게

재원이가

새벽 1시 31분. 드디어 원고가 끝났어. 마지막으로 편지를 쓰기로 하고 출판이 되기 전까지 편지 내용은 서로 모르게 하자는 약속, 우리 지키자. 근데 그게 되려나? 원고 확인하는 작업도 있잖아. 아무튼, 편지 안 보도록 노력하자.

원고가 무사히 마무리되어 너무 기쁘다. 여리고 마음 약한 녀석인 줄 알았는데 글을 쓰는 일에는 호랑이 선생님이 따로 없었어. 덕분에 네가 그렇게 말하고 말한 문학이 뭔지 조금 알 수 있을 것 같아. 하나하나 지적하며 일일이 참견하는 사람을 별로 좋아하지 않지만, 오랜만에 매일 새벽 만나서 예술이라는 작업을 함께 하는 사람이 있었다는 게 든든했어.

"그럼 너 혼자 다 쓰면 되잖아!"라고 가끔은 내가 짜증도 냈지만 너는 말했지.

"누나. 공동 집필이 뭔지 잘 알잖아요. 누나와 내가 쓰는 거지, 저 혼자 쓰면 소재원이라는 이름만 저자로 새겨지는 겁니다."

"마음대로 해!"

"안 돼요! 나는 미발표 작품을 지금까지 하나도 남기지 않았어요. 이번 역시 마찬가지이며 앞으로도 그럴 거예요. 빨리 써서 검사 맡아요."

"내 스타일이 아니야. 이런 글 너무 싫어!"

"나를 생각하지 말고 독자를 생각해요. 내가 생각하는 문학은 그거예요. 오로지 독자만을 위한 작품. 에세이는 소설과 같은 공상이 아녜요. 간결하고 이해하기 쉽고 가슴에 팍팍 와 닿아야 한단 말이에요."

네 주장에 두손 두발 다 들 수밖에 없었어. 몇 시간이고 수다를 떨고 지난 이야기들을 떠올리고 서로에게 준 교훈들을 나열하면서 나는 어느새 재미를 찾아가고 있었지. 좋은 추억이야. 앞으로 다가올 우리 동생들에게 가르쳐줄 많은 내용을 써내려갔어. 재원아! 너는 전문분야라 잘 모르겠지만 나는 엄청 고생했다. 하긴 내 글 때문에 스트레스를 좀 받았을 테지만, 나 적응력 빠르지 않아?

힘든 일들이 많이 겹쳤어. 그때마다 응원과 상담을 나눠줘서 고마워. 문득 이런 생각이 들었어. 우리가 청춘을 주제로 글을 쓰는데 우리의 청춘은 얼마나 시행착오를 겪어야 진정한 어른이 되고 행복해질까?

이 문제로 너와 내가 엄청 논쟁을 벌였었지. 결국은 서로 털털한 웃음을 짓고 말아 버렸지만. 네 이야기와 나의 이야기가 어쩌면 다 옳을지 몰라.

소재원 청춘은 시행착오란 없다. 예방주사와 같이 따끔한 아픔 속에 면역을 키우는 것.

낸시랭 어른은 존재하지 않는다. 매일 같이 넘어지고 일어나는 인생 자체가 청춘이다.

비슷한 부분이 전혀 없고 논쟁할 이유도 없는 결론을 가지고 재잘거리던 도중 하나를 또 깨달았어. 이런 뜨거운 열기의 주장도 바로 청춘이라는 걸.

음반 준비와 전시회 준비로 분주한 나인데, 더 바빠진 나날이 즐거웠다. 잠을 자는 시간이 아까웠는데 고마운 일이야. 덕분에 꾸벅꾸벅 조는 일이 잦아졌지만 좋았어.

편안한 편지로 우리의 이야기를 마무리하자는 건 내 생각이었다! 하하!

이제 각자의 일로 돌아가야겠지? 넌 새로운 소설의 마무리 작업을 위해. 나는 새로운 전시회의 작업을 위해서.

오늘까지가 마지막 공동 작업이겠지?

다투는 일도 없고 의견을 공유할 일도 줄어들겠지?

술자리나 모임이나 행사 때가 되어서만 볼 수 있는 건가?

생각해 보니 우리 사적으로 자주 봐 왔던 일은 거의 없다. 어느 특정 기념일이나 술자리, 밥먹는 자리, 이렇게 함께 작업을 하는 일 외에는 별로 만난 적이 없어.

일이 끝나게 되면 각자 일정이 바빠 헤어지고 며칠 뒤에나 통화를 했었지. 우리는 서로 좋은 누나, 좋은 동생이라고 다른 사람들에게 소개를 하면서도, 자주 보는 일에는 소홀했던 것 같아.

집필이 끝난 후 이제 내 작업실에 너는 자주 오지 않을 거야. 넌 너만의 집필실로 돌아가서 밤새 글과 씨름을 하고, 나는 여기에 남아서 그림을 그리며 음악을 듣겠지.

갑자기 쓸쓸한 생각을 하고 있으니까 우리가 첫 집필을 했을 때가 기억나.

맨발에 운동화 차림으로 두꺼운 안경테를 쓰고 왔었지. 키가 커서 맞지 않는 추리닝을 입었고 바지는 칠부바지보다 더 짧았어.

웃고 싶었지만 참아야 했어. 네 표정이 너무 진지했거든. 터져 나오는 웃음을 겨우 참고 작품에 대한 자세한 설명을 듣는데 갑자기 눈물을 닦던 너였어. 내가 왜 그러냐고 물으니까 네가 말했지.

"행복해서요. 이제 누군가와 작품을 할 수 있을 정도로 성장한 나를 보니 너무 행복해요. 누나가 내 설명을 듣고 집중하는 모습이 너무 기분 좋아요. 집필실에서 혼자 외로움과 싸워야 하는 일이 없으니 날아갈 듯 좋아요. 누나! 고마워요. 정말 고맙습니다."

창피하지도 않은지 너는 펑펑 울었어.

"앞으로 다른 사람들과도 이렇게 작품을 나누게 될 거야. 네가 우니까 어떤 내용을 써야 하는지 감이 잡힌다. 지금 네가 울고 있을 때 내가 느낀 감정을 쓰면 되는 거 아닌가? 청춘이 이루어 준 지금 너의 모습에 내가 느끼는 것들. 감동이다!"

우리 기억하자. 이 순간을 잊지 말고 기억하자. 사람들이 말하고 흔히 있는 스쳐지나가는 인연이 아니라, 절절하게 서로를 찾는 깊은 인연에 평생을 걸어가자.

누군가와 결혼을 하고 누군가를 사랑하면서도 서로에게 소홀하지 말자. 인연이라는 건 청춘보다 더 소중한 것 같아. 너를 만나고 내가 살아온 청춘을 돌아보았잖아. 너를 만나지 않았더라면 과연 내가 청춘을 돌아보며 누군가에게 교훈적 느낌과 길을 인도할 수 있었을까?

인연 속에 옵션으로 껴있는 것이 청춘인 거야. 청춘이 지나가도 인연은 남아 있을 거야. 그러니까 작품은 새로운 인연의 시작을 알리는 일이라 생각하자.

원고가 끝나가면서 홀가분한 마음보다 아쉬움이 크게 자리잡은 이유는 아마도 친한 누군가가 조금씩 멀어지는 기분 때문이었을 거야.

나에게 글을 가르쳐준 선생님으로

나에게 외로움을 나눠준 친구로

나에게 사람들과의 관계에 대한 심리적 요인을 알려준 상담가로

나에게 착한 동생으로

나에게 무슨 일이 있을 때 찾을 수 있는 든든한 사람으로 남아준 재원이에게 늘 감사할게.

주님의 축복이 함께하기를.

마지막 원고를 써내려가고 난 뒤 동생에게

낸시랭이

프롤로그

청춘에게

여자 대학에 다니는 김민지라는 여대생이 있었다. 나와는 사랑의 열매 자원봉사로 알게 되었고 예쁜 얼굴에 정치에 대한 꿈과 열망이 있는 친구였다.

내가 이 이야기를 하는 이유는 모든 청춘들이 느껴볼 고민을 김민지 학생도 느끼고 있었기 때문이다. 민지는 자신을 학대하며 살아왔다. 무슨 일이 있으면 거기에 대한 억압적인 무게로 바쁘게 움직였고 꿈을 위한 도전에 매일 자신을 혹사시켰다.

예를 들면 앞으로 다가올 미래에 대한 불안으로 끊임없이 도전해야 한다는 두려움. 도전하는 과제에 대해서 스트레스를 받으며 극도의 예민한 반응을 보이기도 했다. 이뿐만 아니라 자신의 나이가 어느 정도 되었을 때, 사람들이 말하는 위치까지 가지 못했을 때의 좌절에 대한 두려움이 굉장히 심했다. 나는 그녀에게 그렇게 무언가를 하지 않아도 자연스럽게 기회가 생기고, 도전할 과제를 억지로 찾아다니지 않아도 도전이라는 이름이 먼저 찾아올 거라 달래기를 여러 번 해왔다.

그녀는 내 말이 가슴에 와닿지 않는다고 말했다. 왜일까? 내가 지나온 청춘에서 느낀 것들을 그대로 이야기해줬는데 느끼지 못한다라!

청춘은 오만하다. 그녀는 자신의 인생은 그때 처한 나의 상황과는 전혀 다른 더 어려운 난관이라 생각한다. 타인의 삶에 대한 무시인 것이다.

아래에도 적겠지만 인생에 대해서 다른 사람의 인생을 그대로 닮아갈 필요는 없다. 단지 공통된 것들에 대한 고민은 청춘에 존재했고 잔류해왔다.

누구나 겪는 답답함과 불안은 청춘에 언제나 동행하고 있다.

미래의 불안, 경쟁에서 뒤처진다는 두려움, 꿈을 이루기 위해서는 시간이 별로 없다는 압박감 등.

그녀의 인생에 있어서 누군가의 충고가 무시되고 있다. 나는 그녀가 넘어지는 날이 분명 있을 거라 말해주고 싶었지만 참았다.

앞으로 그녀는 몇 번의 쓴맛을 경험할 테고, 그 순간 그녀는 일어날 수 있을까? '그래 다시 해보자! 까짓것!'이라고 중얼거리며 일어날 수 있을까?

열정을 모두 쏟아부은 치밀한 계획일지라도 반드시 엇나가는 게 인생이다. 엇나감에 있어서 다시 일어나느냐 일어나지 못하느냐의 차이만이 존재하는 것이다.

간단한 답을 그녀는 너무 멀리에서 찾고 있었고, 이미 결론이 나 있는 것들에 대해서 고민하고 있었다.

그녀는 최종적으로 정치를 하고 싶다고 했지만, 당장의 꿈은 아나운서라 했다. 아나운서가 되기 위해 방송을 공부하고 대학 내의 방송활동을 열심히 한다. 선배들의 조언에 따라 움직이기도 하고, 그녀가 스스로 내린 결정들에 쉬지 않고 뛰어간다.

22살이던가? 그 나이에 비해 앞서나가고 있는 것은 사실이었다. 그녀는 그 또래의 아이들이 행하는 일반적인 것들을 포기하고 싸워왔다. 20대 초반의 경력적인 면에서 굉장히 빠른 성장을 보이고 있는 것은 확실하다.

하지만 정신의 문제가 바로 앞에 직면해 있었다.

그녀의 정신은 불안과 스트레스만이 존재했다. 의무감이 그녀를 힘들게 하고 있었다. 매일 쉬지 않고 찾아오는 스트레스는 그녀의 지친 몸을 일어나라 강요했다.

어떤 인생이든 오답은 없다. 그녀의 걸음도 마찬가지로 정답의 하나일 뿐이다. 단지 청춘의 열정에 대한 열의는 좋으나 너무 서두르고 있는 모습을 보자니 혹사라는 단어만 떠오를 뿐이었다. 준비된 자에게는 기회가 주어진다. 누구보다 먼저 기회를 손에 쥘 수 있는 사람은 단연 그녀일 것이다. 철저한 계획과 준비 속에 하루를 살아가는 그녀는 월등히 다른 이들보다 앞서 나갈 것이다.

그런데 중요한 건 그녀의 성격이다. 이루지 못하면 주저앉을 것 같은 위태함을 보이는 그녀에게 나는 외줄타기를 하는 광대가 생각났다.

청춘은 기회의 시간이다. 기회를 잡아 철저한 준비를 하기도 해야 하지만 즐기지 못하는 삶의 버릇은 평생을 이어갈 수밖에 없다.

전쟁터 같은 세상을 살아갈 것인가, 아니면 동행의 즐거움과 도전의 벅찬 가슴으로 살아갈 것인가의 선택의 기로가 공존하기도 하는 삶이 바로 청춘이다.

나는 이 작품을 통해서 청춘이 즐길 수 있는 많은 것들을 나열해 보려 한다. 하지만 내가 하는 이야기들은 하나의 제시일 뿐, 모든 젊음의 대변은 절대 아니다. 많은 이야기 중 그대들이 원하는 길이 하나쯤은 존재할 것이라 믿는다.

삶의 대변을 원하지 않는다. 나는 삶의 동행을 원할 뿐이다. 청춘의 동행. 경쟁으로 지치지 않고 동행으로 행복할 수 있는 청춘을 원한다.

경쟁은 우리가 사회를 살아가는 한 영원히 이어지는 피곤함이다. 경쟁만으로 청춘을 허비하기에는 아깝다.

낸시램

아이돌 그룹을 만나다 보면 몇 가지 고민이 눈에 띈다.

언제까지 인기가 지속될까?

미래에는 분명 대중이 나를 외면할 텐데 나는 무엇을 해야 할까?

재테크는 어떤 방법이 좋을까?

나는 동생들의 고민에 대해 어떤 방법을 제시하지 않는다. 하지만 한 가지는 반드시 이야기한다.

"고민하지마. 그냥 즐겨. 고민할 시간이 있다면 답을 찾는 데 시간을 허비해."

청춘들은 너무 많은 고민들을 안고 있다. 해결에 대한 적극적인 대처는 없으면서 고민으로 대부분의 시간을 허비한다.

청춘이 10이라 치자. 그럼 10 중에서 7은 고민으로 보내버린다. 3만을 노력이나 자신을 위한 시간으로 사용하는 것이다.

고민에 대한 해답은 답을 찾는 것이다.

나는 한국에서 충격적인 20대들을 많이 봤다.

꿈이 없다. 꿈도 없는데 고민은 많다. 어떤 고민인지 물어보면 오로지 돈이다. 돈 때문에 청춘은 엄청난 고민들에 휩싸인다. 대부분의 젊은이들의 고민이 돈이라니!

돈 때문에 고민을 한다면 젊음에게 미안한 처사가 아닐까?

그래놓고 결국은 취직에 열을 올리는 것이 최종적인 고민으로 자리 잡는다.

한국처럼 교육열이 높은 나라가 없다. 고급 교육을 받았음에도 결국 좋은 회사에서 높은 연봉을 받는 일이 최종적 목표라니! 외국에서 우리와 같은 교육을 받았다면 전문적인 자신의 일에 목소리를 높였을 것이다.

사회가 만들어낸 모순이라고 이야기하고 싶다면, 당신은 이미 사회와 타협하고 살아가는 꿈 잃은 쓸모없는 젊음을 보내고 있다.

재원이가 에세이를 쓰면서 나에게 말했다.

"누나가 지난 날들에 대해 하고 싶었던 말들을 다 써버려요. 그럼 돼요. 그게 바로 청춘에게 우리가 해줄 수 있는 이야기들이고 충고예요."

나는 과거에 대한 이야기와 함께 청춘에게 하고 싶은 이야기들을 정신없이 써내려갔다. 나는 예술가다. 예술가는 배고프다는 이야기를 입에 달고 사는 사람들에게 당신들의 정의는 틀렸다는 것을 당당하게 보여줬다.

재원이 역시 그렇다. 재원이는 글을 써서 먹고사는 문학을 하는 예술가다. '글쟁이는 배고픈 직업이다'라는 틀을 깨부순 사람 중 하나이며 우리는 일반적인 길을 걸어오지 않은 사람들이다. 이게 바로 청춘이 아닐까?

나는 청춘이라면 고지식한, 말도 안 되는 정통적 가르침들에 도전해야 된다고 생각한다. 내가 써내려가는 이야기들은 아마도 일반적인 사고에 갇혀 있는 당연한 말들이 아닐 것이다. 나는 평범한 이야기들로 독자들에게 어떤 제시를 하려 했다면 재원이와 함께 작업하지 않았을 것이다.

우리가 아는 상식이지만 놓치고 살았던 부분들과 몸과 마음은 느끼지만 머리가 부정했던 사고들을 적어보려 한다.

과감한 결정과 청춘의 유용한 사용법, 청춘으로 인해서 느꼈던 소중한 감정들을 함께 느껴볼 수 있었으면 좋겠다.

목차

My Heart Will Go On

part
01

청춘이 주는 교훈

소재원

 낸시랭. 내가 그녀를 만나게 된 건 의형제인 정은우라는 배우 동생 때문이었다. 나는 어김없이 밤공기를 안주 삼아 술을 마시고 있었고 한 통의 전화가 걸려왔다. 은우였다.

"우리 아우가 웬일이야?"

 나는 초저녁부터 혀가 꼬여 있었다. 대낮부터 술을 먹은 터라 제정신이 아니었다. 불합리적인 일들이 넘쳐나는 이 사회가 원망스러웠다. 정의를 실현하는 자는 망가지고, 부도덕한 일들을 서슴없이 하는 자들은 명성을 얻는다. 독립투사의 자손들은 굶주려 살고, 친일파 자손들은 떵떵거리며 살아가는 이 사회를 바꿔보자는 큰뜻을 품고 문학계에 입문했지만 동상이몽과 같이 포부는 멀어져갔다.

 물론 돈은 벌었다. 다른 배부른 돼지들과 같이 생활의 여유를 가질 수는 있었다. 책을 출판하고 영화계약을 강행하여 계약금으로 받은 돈들과 인세만 해도 꽤나 쏠쏠했다. 그럴수록 나는 작아졌다. 제 아무리 부도덕한 자들을 응징하려 뛰어봤자 돌아오는 건 나보다 더 힘센 자들의 짓눌림이었다. 그날도 나는 권력에 대항한 대가를 톡톡히 치렀다. 나는 그들 앞에서 당당할 줄 알았다. 대통령이 온다 할지라도 모가지를 빳빳 하게 쳐들고 내 할 말을 다 하겠노라 다짐했었다. 그런데 나는 대통령 꼬 랑지도 못 따라갈 누군가에게 고개를 숙이고 사지를 벌벌 떨어야 했다. 그 비참함은 대낮부터 술을 퍼붓게 만들었다. 어느 정도 취기가 오르면 미친 척하고 '오늘 나를 짓눌렀던 사람에게 전화를 해 한 번 크게 짖어 봐 야지'라고 생각했다. 한잔 두잔 술잔이 늘어났다. 맥주 500cc를 15잔이 나 마셨지만, 나에게 수모를 준 사람에게 전화를 걸 수 없었다. 나는 다 른 누군가와는 다른 사람이라 생각했었던 지난 시간이 비참했다. 은우 는 내가 꼬부라진 혓바닥을 놀리자 걱정스러운 말투로 말했다.

"형, 많이 드셨어요?"

"아니야, 괜찮아. 무슨 일이야?"

"제가 형님하고 잘 어울릴 아티스트와 같이 있어요. 소개해 드리고 싶 어서요."

아티스트라. 오늘의 시간을 정신적으로 공감해줄 누군가가 필요했던 나는 흔쾌히 은우의 제안을 승낙했다.

"형이 지금 갈게. 어디니? 이제 슬슬 해도 지고 섭섭해지는 시간이니 술 한 잔 해야지?"

"그럼 간단하게 한 잔 해요. 신논현역 근처에서 봐요."

"5분이면 가겠다. 형 논현동이야."

나는 비틀거리며 택시를 잡았다. 초저녁부터 만취 손님을 태운 기사는 나를 총알처럼 약속장소로 실어다 주었다. 호프집에 들어가 보니 나만 취해 있었다. 은우는 함께 온 작고 귀엽게 생긴 여자를 소개하려 일어났다.

"형. 이쪽은….."

내가 은우의 말을 잘랐다.

"아! 알아. 낸시랭. 와! 실물이 훨씬 예쁘세요."

TV에서 자주 본 인물인지라 낯설지 않았다. 나는 다리에 힘이 풀려 자리에 털썩 주저앉았다. 그런 나를 이상하게 볼 법도 한데 그녀는 여유 있는 웃음을 보이고 있었다. 꽤나 강적이었다. 술 취한, 키가 189나 되는 남자를 보면서도 전혀 당황하지 않는 그녀. 오히려 긴장을 한 쪽은 내가 되었다.

"내가 누나지? 은우한테 나이 들었어. 반갑다."

여유 있게 악수까지 청하는 그녀의 당찬 모습에 나도 모르게 '네, 소재원이라고 합니다'라고 예의를 차려 인사를 받았다. 술이 확 깰 정도로 그녀는 엄청난 아우라를 풍기고 있었다. 아마도 그때부터였을 것이다. 그녀의 아트에 대해 굉장한 부러움을 갖게 된 것은…. 나와는 전혀 다른 모습. 사회적 불만을 토로하며 한탄하는 일보다는 사회의 아름다운 면을 추구하고 이상의 실현을 현실화시키는 그녀를 보자니 부러움을 넘어선 동경이 자리 잡아 가고 있었다.

술자리는 길어졌다. 나만 취해 있던 자리가 시간이 흐르자 모든 사람의 얼굴을 나와 동등한 색깔로 만들었다. 나는 쉴새없이 짜증과 분노를 표출했다. 이 사회의 부적절한 모습과 약자들의 눈에서 피눈물을 빼버리는 더러움을 온갖 욕설로 배설하고 있었다.

"어찌 이런 사회에서 우리가 살아가고 있는지 모르겠어요. 이런 더러운 사회를 그냥 보고 지나치는 우리가 과연 그들을 욕할 자격이 있을까요? 누나, 내 말에 느껴지는 게 있지 않아요?"

"아니, 전혀 공감하지 못하겠어."

그녀는 고개를 절레절레 흔들며 말했다. 나는 그녀를 매섭게 노려보았다. 나에게 수모를 준 사람에게는 꼬랑지를 내리면서 작고 귀여운 그녀에게는 야수처럼 강인한 척을 하고 있는 비굴한 나였다.

"뭐가 공감이 안 돼요? 이건 사회 자체의 문제라고요. 우리의 문제고 우리가 해결해야 하는 문제란 말입니다."

"그게 어떻게 우리 모두의 문제일까?"

"방관하는 사람들이 바로 우리이니까."

"왜 방관하는 것일까?"

"두려우니까."

"왜 두려워할까?"

"나 역시 약자들과 같은 대접을 받게 될까봐. 아니면 가진 것을 빼앗길까봐."

그녀는 질문했고 나는 질문에 친절하게 대답했다. 질문이 빨리 마무리되고 내가 이야기할 차례를 가져오고 싶었다. 하지만 나는 그녀에게 질문을 던질 수 없었다.

"왜 가진 것을 빼앗기는 걸 두려워할까? 피해를 보는 사람들과 같아지는 걸 왜 두려워할까?"

"지킬 것이 있으면 그렇겠죠. 아마도."

"지킬 것이 무엇일까?"

"가족이나 다른 사람들이겠죠."

"그들은 이미 다른 사람들을 지키고 있잖아. 안 그래?"

지금까지 들이부은 술이 아까워졌다. 그녀의 말에 정신은 맑아지고 있었다. 분명 그랬다. 그들은 자신의 주위 사람들을 지키고 있었다. 그녀는 내가 인정했다는 것을 눈치챘는지 말을 이었다.

"물론 네가 말한 피해자들을 위한 우리의 힘이 필요하겠지. 그런데 말이야. 이미 그들은 자신의 능력 안에서 최선을 다하고 있어. 부정한 일들에 분노하고 나서고 싶지만 쉽게 나설 수 없는 사람들도 존재해. 네 생각은 너무 이상적이야. 왜 악에 굴복한다고 생각하는 거야? 자신의 주위 누군가를 지키는 그들의 순고한 정신을 왜 그렇게 무시하는 거야? 그들도 분노하고 싶어 해. 나서서 정의를 실현시키고 싶어 해. 하지만 지금 그들은 참고 있는 거야. 대중은 참고 있는 거라고. 지금 지키는 것들을 위해서. 너만 지키고 있는 것이 아니야. 나도, 다른 누군가도 지키고 있어."

그녀는 처음 만난 순간부터 나의 오만에 날카로운 비수를 꽂았다.

우리가 비난하는 누군가는 이미 각자 자신들의 일에 충실하다. 왜 우리는 그토록 이기적으로 청춘을 보내고 있을까?

 인기가 많은 사람은 돈을 많이 벌 수 있습니다. 사랑 받는 이는 많은 것을 나눌 수 있습니다. 하지만 존경을 따라오지는 못합니다. 존경받는 사람은 모든 사람의 그 무엇도 함께 공유하고 이해하는 아주 값진 가슴을 가진 이이기 때문입니다. 인기보다는 사랑, 그리고 존경을 받는 사람이 되길…

"누나, 오늘 제가 누나와 잘 통할 것 같은 사람을 소개해줄 게요."

오랜만에 일찍 녹화가 끝나 정은우라는 동생과 가볍게 차 한 잔을 나누고 있었다. 나와 같은 사람들은 만나는 사람이 늘 한정되어 있다. 물론 나도 대중과 소통하고 싶다. 소통을 넘어선 공감과 살을 부비는 정겨움을 느끼고 싶다. 가슴은 원하지만 현실적인 나의 삶은 정작 그렇지 못했다. 두려움이 아니다. 나는 언제나 당당하게 내 아트를 위한 행위적, 이상적 행동을 당당하게 옮기고 있다. 이런 나를 보더라도 두려움의 감정은 분명 아니었다. 단지 우리에게 주어진 시간의 형성과 공감이 너무 달랐다. 나는 항상 원한다. 아트를 통한 세상의 결집과 지구라는 별에서의 행복을, 공존이라는 명목으로 만들어 나갈 수 있는 최고의 아트와 모든 이들의 웃음을, 광대하지만 결코 넓지 않은 지구에서 내가 꿈꾸는 이상의 세계를 위해 달려가고 있다. 그렇기에 지금 당장의 현실에 갑갑해 하지 않는 나를 보는 누군가들은 그리 탐탁지 않게 생각하는 경우도 허다하다. 나는 결코 그들을 미워하지 않는다. 다만 공감의 형성이 미숙한 우리에게 조금의 시간이 더 필요하다는 결론이 내려졌다. 더욱 매진하며 살아가는 인생, 나에게는 아트가 될 것이며 내가 이루고자 하는 모든 것이 될 것이다. 그렇지만 가끔은 쉬지 않고 달려오는 시간에 피곤을 느낄 때도 있다. 그런 나의 마음을 알았는지 은우는 한정된 누군가가 아닌 다른 누구를 소개해준다 했다. 처음에는 거부감이 들었다. 새로운 도전을 좋아하는 나이지만 신세계를 경험하는 데에 따른 호기심과 비례하는 거부감도 늘 있기 마련이다. 그런 내게 은우가 말했다.

"좋은 형이에요. 소설을 쓰는 분이시죠."

아트를 하는 사람이라. 아티스트적 욕심과 호기심이 거부감이나 부담 따위를 과감하게 좇아냈다. 내가 긍정을 보이자 은우는 재빨리 그에게 전화를 넣었다. 그는 근처에 있었는지 얼마 지나지 않아 약속 장소에 도착했다.

내가 상상했던 모습과는 다소 달랐다. 덩치가 산만한 사내가 들어왔다. 비틀거리는 모양새가 벌써부터 어디에서 술을 한 잔 걸치고 온 것이 분명했다. 그는 나를 보며 웃음을 보였다. 내가 악수를 청하자 공손하게 넙죽 손을 잡았다. 그의 취한 모습에 무슨 일 때문인지를 은우가 물었지만 그는 너무 화가 난다며 일단 술부터 시키자고 말했다.

무슨 술고래가 배 안에 들어가 있는 것일까? 사정없이 들이붓는 그의 술잔을 따라갈 수 없었다. 말 없이 술잔을 비운 지 한 시간이 지나갔다. 그의 속도에 맞추려 노력했던 사람들은 어느새 걸쭉하게 취해 있었다. 그가 비로소 오늘 있었던 일들을 이야기하기 시작했다.

그는 대중에게 분노했다 한다. 자신의 일이 아니라고 모른 척으로 일관하는 사람들의 본성이 너무 잔인하다 떠들어대고 있었다. 나와 그의 논쟁이 시작되었다. 은우 말로는 평소에는 점잖은 사람이라는데 술만 들어가면 다혈질로 변해서 세상 이야기에 열을 올린다 했다. 사회에서 소외된 사람들을 돕는 일을 의무라 생각하고 살아가는 사람이며 외골수 기질이 있다 했다.

나는 그를 보며 안쓰러움을 느꼈다. 그의 내면이 비쳤기 때문이다. 촉촉하거나 달콤한 눈빛은 아니지만 굉장한 슬픔을 안고 있는 눈. 그 안에서 느껴지는 형용할 수 없는 분노는 많은 사연이 있음을 알려주고 있었다. 그와 나는 너무 다른 생각의 소유자이기도 했다. 긍정의 힘을 믿는 나와 자기 자신을 믿고 홀로 세상과 싸워나가는 그의 고집은 우리가 결코 섞일 수 없음을 알려주고 있었다. 하지만 그렇다. 자석의 같은 성질은 서로가 밀어내지만 다른 극이 만나면 서로를 찾는다. 그와 나도 그랬을 것이다.

그는 뜬금없이 논쟁 도중 나에게 물었다.

"우리가 살아가는 데 가장 중요한 것이 뭘까요?"

내가 말했다.

"각자 다르겠지. 살아온 인생이 다르기에 추구와 갈망이 다르니까."

그가 물었다.

"결국은 하나로 이어진다 생각하지 않으세요? 모든 사람이 각자의 길을 선택해서 앞으로 걸어가지만 결국은 하나의 목적을 가지고 있지 않을까요?"

알 수 없는 그의 이야기에 나는 물었다.

"그게 뭔데?"

"결국은 행복이지요. 모든 사람은 행복이라는 결승점에 도달하기 위해 각자의 지름길을 만들고 있어요. 다른 사람보다 더 빨리 도착하려고 바둥거리죠. 그런데 말입니다. 그 길을 가는 과정 또한 행복해야 하지 않을까요? 행복을 찾아 떠나는데 왜 그 길은 고통스러워야 하는 겁니까? 그럼 어떻게 해야 할까요? 지름길을 찾지 말고 그냥 다같이 사이좋게 가는

거예요. 누구보다 빠른 길을 찾으려 하지 말고 모두가 함께하는 거예요. 아마도 그런 길을 가게 된다면 우리는 목적지에 이미 도착해 있지 않을 까요?"

경쟁이 아닌 공존을 부르짖는 그, 결국 같은 지점에 도착할 사람들끼 리 다같이 가자는 그, 결국 목적지란 모두가 모여야만 나타나는 곳이며 같이 길을 걸어가면 이미 그곳이 목적지라는 그.

소재원. 그와 내가 친해지는 데 오랜 시간이 걸리지 않을 거라는 걸 첫 만남부터 이미 느끼고 있었다.

상반되는 주장 속에 서로가 인정할 수밖에 없는 진리와 철학이 우리 를 이끌 것이라는 믿음은 아마도 그와 내가 유일하게 공감하는 하나였 을 것이다.

 자신만의 길을 가는 것은 아주 중요합니다. 고집도 분명히 있어야겠지요. 하지만 소통과 공유의 짜릿함을 잊지 않았으면 합니다. 지독한 방안에서의 독백도 중요하지만 누군가와 공간의 공유 로 인한 기쁨도 느꼈으면 좋겠습니다.

I'm Gonna Fill Your He

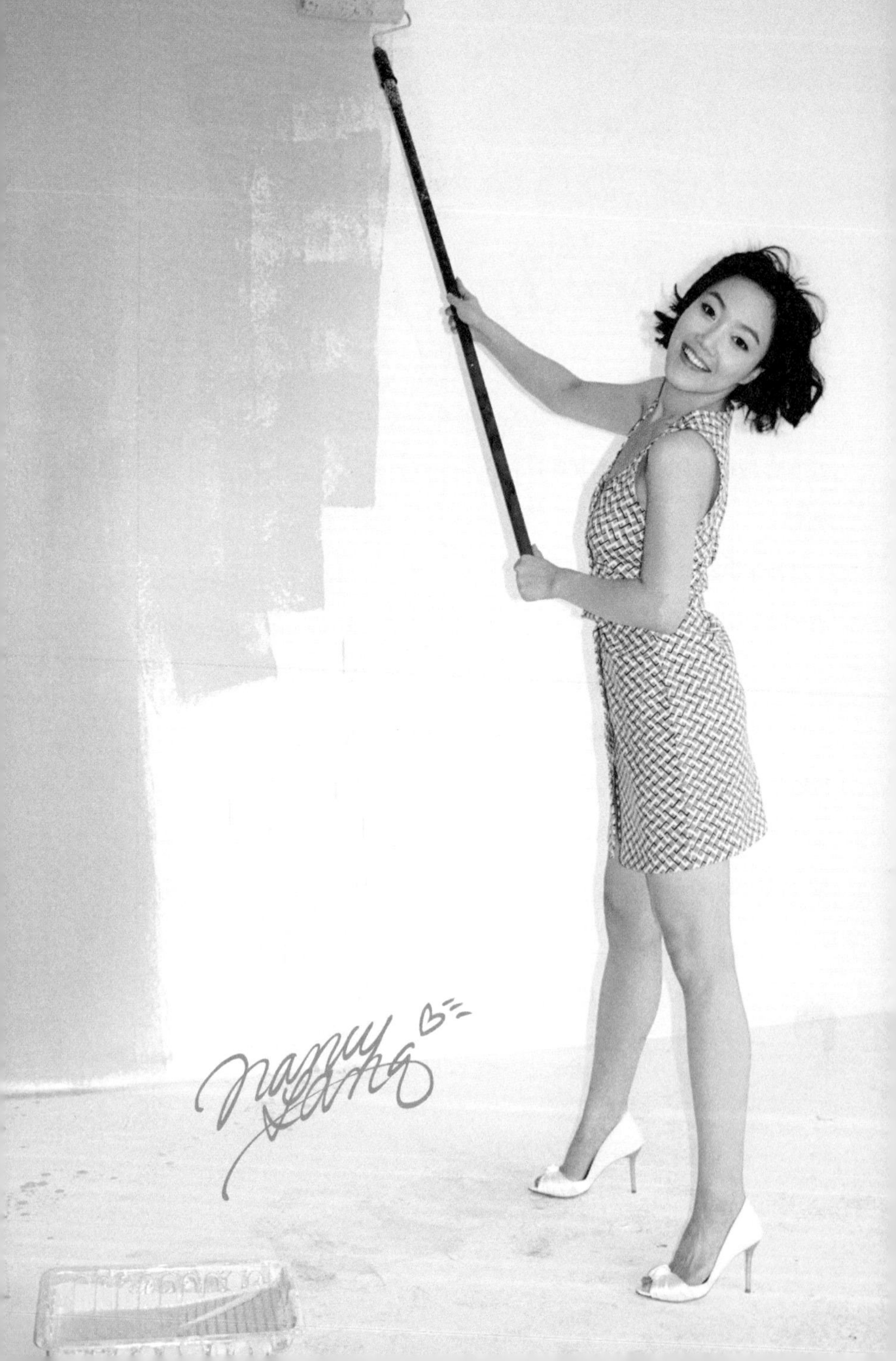

틀 안에 갇혀 지내는 사람들

소재원

    그녀를 알아가면 알아갈수록 나와는 정반대의 사람이라는 것을 확신할 수 있었다. 사람의 시선을 두려워하는 나였고 집안에 있는 시간이 유일하게 행복과 여유를 느끼는 시간이었다. 아무리 친한 사람도 우리 집을 알지 못했다. 누군가가 집안에 있다는 것은 굉장한 부담이었다. 혼자만의 공간에서 안락함을 추구하는 나였다.

    그녀는 달랐다. 항상 웃음을 찾았고 새로운 도전에 즐거워했다. 두려움이란 흔적조차 찾기 힘든 사람이었다. 자신이 하고자 하는 일에 있어서 누군가의 조언이나 도움이 필요할 때면 서슴없이 당당한 자신감으로 접근했다. 너무도 다른 그녀를 보고 있자니 그녀의 작품이 궁금해졌다. 그녀는 팝아트라는 우리나라에서는 생소한 예술을 하고 있다. 우리집은 3대째 그림을 그리는 집안이다. 순수미술에 중독된 집안이기에 팝아트라는 분야는 전혀 새롭고 이질감을 느낄 수 없는 분야이기도 했다.

    나는 먼저 그녀의 작품들을 인터넷에서 찾아봤다. 그녀의 예술은 꽤나 해학적이고 재미있었다. 즐기는 미술, 따분하고 고지식한 고대의 미술에서 벗어나 현대적 가치를 입힌 독특한 그림이었다. 그녀는 퍼포먼스와 행위예술에까지 영역을 넓혀가고 있었다. 미술이라는 장르를 폭넓게 해석하고 이해하는 부분에서도 '역시 나와는 전혀 다르구나!'라는 생각을 하게 되었다. 나도 그림을 그린다. 문학이 주된 분야이지만 어린 시절부터 그림을 그려왔던 터라 뗄 수 없는 나의 일부분과 같은 것이 된 지 오래였다. 하지만 내가 그리는 그림은 사실에 입각한 풍경이나 인물이 주된 그림이었다. 때로는 추상이라는 장르로 외도를 시도하기도 하지만 순수미술이라는 틀 안에 존재하는 한정된 창작이었다. 나는 그녀의 작업실을 찾아가보기로 했다. 사진으로 보는 것과 실제로 보는 작품은 실로 엄청난 차이를 보인다. 그녀가 일정이 끝나는 시간을 문자로 통보 받고는 약속을 잡았다.

그녀의 작업실은 집에서 그리 멀지 않았다. 과연 어떤 그림을 볼 수 있을지 들뜬 마음으로 작업실에 들어서는 순간, 수많은 건담들이 나를 반겼다.

"이야! 누나 작품들 많이 있네요."

그녀는 따뜻한 커피를 내게 건네며 방그레 웃었다.

"어때?"

"재미있어요. 해학적이면서도 자극적이에요. 건담이라는 로봇 몸체에 아이의 얼굴이라. 그들이 손에 쥐고 있는 것은 칼이나 총이 아닌 가방과 같은 명품들이군요. 여러 해석이 난무하기도 하면서도 각자의 생각에 재미를 느낄 수 있는 작품인 거 같아요."

그녀는 나의 말에 아이처럼 좋아했다. 그녀의 작품을 보는 순간 재미를 강하게 느꼈다. 작가의 의도대로 해석하지 않아도 많은 부분을 혼자만의 재미있는 생각으로 채울 수 있는 그림이었다. 하지만 나는 극찬만을 하지 않았다.

"누나, 그런데 순수미술은 아니네요. 우리나라 미술계는 꽤나 고지식해요. 힘드시겠어요."

그녀는 전혀 기분 나빠하지 않았다. 작업실 한편에 놓인 테이블에 우리 둘은 자연스럽게 앉았다. 그녀가 나에게 물었다.

"재원아. 그런데 너는 어떤 장르를 쓰는 작가야?"

"저야 대중문학이죠."

"등단은 했어?"

나를 만나면 누구나 물어보는 질문이었다. 나는 여기에 대해서 아주 할 말이 많았다. 나는 거침없이 설명에 들어갔다.

"저는 등단 문화를 싫어해요. 만해 한용운 선생님과 윤동주 시인께서 등단을 해서 칭송받는 건 아니지요. 등단이라는 것은 작가가 작가를 평가하는 아주 불순한 제도라 생각합니다. 작가를 평가할 수 있는 권리는 오로지 독자에게만 주어지는 거예요. 또한 창작에도 한계가 생기죠. 심사위원들의 입맛에 맞는 작품을 써야 하니까요. 누나, 우리가 영화를 선택해서 본다고 생각하죠? 절대 아녜요. 수많은 시나리오 중 투자사가 선별한 작품만이 영화가 되지요. 우리는 투자사가 선택한 작품들 중 그나마 괜찮은 걸 골라서 보는 거지요. 그래서 한국영화는 나날이 쇠퇴하고 있어요. 투자사는 개성 있는 작품보다는 흥행했던 전작들을 따라하는 작품들을 좋아해요. 스포츠 영화가 성공하면 줄줄이 그런 영화들이 개봉을 하는 이유는 바로 여기에 있지요. 다행스럽게도 문학은 아직 그 정도는 아니죠. 문학도 다양성이 필요해요. 아! 이런 젠장…."

나는 열심히 열을 올리다 갑작스럽게 그녀의 의도대로 끌려가버렸다. 그리고 비로소 나의 오류를 인식했다. 그녀가 웃고 있었다. 다양성을 무시한 나의 고지식함, 우리 미술계가 왜 대중적이지 못한가는 문학과 영화와 다를 바가 없었다. 나는 문학에 대해서는 마음이 열려 있었지만 고지식한 미술집안에서 태어났기에 미술이라는 분야에서만큼은 고지식한 양면성을 지니고 있었던 것이다. 그녀가 말했다.

"사람들은 자신이 하는 일에 대해서는 엄청 관대해. 그런데 왜 다른 이들의 분야에 대해서는 고지식하게 이야기하는 걸까?"

"저도 이제야 느낄 수 있겠습니다. 아마도 배려라는 덕목이 부족하거나 얕은 지식이 만들어낸 괄시겠지요. 다른 사람들이 왜 나에게 순수문학이 아닌 대중문학을 하느냐 물으면 하루를 말해도 부족할 이야기들을 쏟아낼 거예요. 누나도, 다른 누군가도 그렇겠지요?”

“아트를 한정된 생각으로 창작하기에는 너무 억울하지 않나?”

“맞아요.”

나도 모르게 그녀의 말에 고개가 끄덕여졌다. 누구나 자신이 하고자 하는 일에 대한 정당성이 존재한다. 하지만 그 정당성에 우리는 반대표를 던지는 경우가 허다하다. 왜일까? 나의 일이 아닌데도 우리는 마치 그것들에 전문가인 양 떠들어대고 손가락을 놀려댄다. 내가 나지막하게 말했다.

“지식의 범람 속에 만들어진 것들이겠죠?”

그녀가 답했다.

“그것보다는 존중의 미덕이 사라진 것이겠지.”

상대를 존중해본 적이 언제였을까? 그대들은 무시하는 사람이 많은가? 아니면 존중하는 사람이 많은가? 충고랍시고 상대의 인생에 괜한 분란을 만들거나 힘겨움을 주지는 않았는가?

 자신이 불행하다 생각하십니까? 지금 당장 장애인들이 있는 봉사현장으로 달려가세요. 부모 없이 살아온 고아원에 달려가 봉사하세요. 그럼 여러분이 얼마나 행복한지 느낄 수 있을 겁니다.

그가 작업실로 찾아왔다. 커피를 한 잔 사이에 두고 우리는 많은 주제 속에 퍼즐 맞추기 게임과 같은 이야기를 즐겼다. 어느 면에서는 프로페셔널하면서도 또 한편으로는 순수하다 못해 멍청해 보일 정도로 단순한 그를 보고 있자면 어떤 모습이 진짜인지 헷갈릴 때가 있었다. 천재? 아니면 바보? 둘 중 하나는 분명한데 어느 모습이 그의 진짜 모습일까? 둘 다 가진 사람이라면 꽤나 복잡한 인생을 살아갈 것이다.

나와 그의 공통점이라면 손의 땀으로 끈적이는 지우개와 연필을 항상 곁에 두고 산다는 것이다. 아무리 다른 성격과 인생을 살아간다 하더라도 하나의 공통 분모가 존재하면 몇 가지는 분명 통하는 것도 있다는 게 내 생각이다.

그와 한참 아트에 대한 이야기에 열을 올리고 있었다. 그는 식어버린 커피를 단숨에 들이키며 말했다.

"누나 지금 예술가들은 어떤 삶을 만들어가고 있을까요? 대중이 생각하는 우리는 무엇일까요?"

"자본주의가 만들어낸 망상, 혹은 축복의 사람들이겠지."

"사람들은 정말 어리석어요. 문학을 하는 사람들을 선생님이라 부르죠. 웃기지 않아요? 문학을 하거나 예술을 하면 다른 이들의 칭송을 받아야 된다 생각해요. 내가 왜 이 이야기를 하는지 아시겠어요?"

그는 나에게 상당히 곤란한 질문을 던졌다. 나는 그의 뜻을 이해할 수도 없었고 무엇을 답해야 하는지도 감이 잡히지 않았다.

그가 작업실로 찾아왔다 커피를 한 잔 사이에 두고 우리는 마 _____ 쩔었다. 어느 면에서

는 프로페셔널이면서 _____ 진짜인지 헷갈릴

때가 있었다. 컨채? 아니 _____ 잡한 인

생을 살아갈 것이다.

나와 그의 공통점이라면 손의 딸 _____ 삼아

간다 하더라도 하나의 공통 분모가 _____

그와 한참 아트에 대한 이야기에 얼굴 _____

"누나 차 _____

"자트 _____

"사람들은 정 _____ 칠을 하거나 예술을 하면 다른 이들의

칭송을 받아야 된다 _____

그는 나에게 상당히 곤란한 질 _____ 수도 없었고 무엇을 답해야 하는지도 감이 잡히지 않았다.

"무슨 말을 하려는 건데?"

내가 할 수 있는 말은 고작 이 정도였다. 그는 차분하게 말을 이어갔다. 그의 말은 아주 간단했다.

"빈센트 반 고흐, 톨스토이, 레오나르도 다빈치 모두 평범한 사람이에요. 사람들은 그들의 몇 가지 일화에 환상을 가지고 있어요. 그런데 그거 알아요? 모든 사람의 인생에는 누군가에게 배움을 줄 몇 가지 에피소드는 누구나 가지고 있다는 걸…. 우리라고, 다른 누구라도 특별하지 않아요. 그러면서도 특별해요. 그런데 사람들은 자신의 특별함을 몰라요. 정말 웃긴 얘기 하나 해드릴까요? 제가 쓰는 소설이나 에세이는 모두가 평범한 누군가에게서 가져온 이야기예요. 평범한 누군가의 특정 삶을 가져오죠."

우리의 인생에 특별함을 가지지 않은 이가 누굴까?

인간에게 영원이라는 단어가 허용되는 순간은 죽음 이후의 삶입니다. 이 삶의 순간이 찾아오기 전까지 우리는 한정된 삶을 살아가고 있습니다. 영원의 삶을 살고 싶다면, 한정된 삶속에 자신을 남깁시다. 지구별에서 사람이 영원히 사는 길은 이름이 누군가에게 끊임없이 오르내리는 일뿐입니다.

경험으로 달라지는 각자의 관점

소재원

한센병 어르신들과의 즐거운 시간을 보내고 서울로 돌아오는 길이었다. 한센병, 그 병에 대해 사람들은 잘 모르고 있을 것이다. 약간 설명을 하자면 예전에는 나병으로 불리던 병이었고, 지금은 시대의 마지막 병이 되어 현재 생존한 분들을 마지막으로 이 병은 사라진다. 보균자는 있을 지언정 수두와 같이 치료가 가능하고 아주 미세한 흉터만 남게 되는 병이 되었다.

서울에서 꽤나 떨어진 지역이었고 오랜만에 어르신들을 만나 늦은 시간까지 담소를 나누었던 터라 몸이 꽤나 무거웠다. 고속도로에서 졸음운전을 한다는 일은 죽음과 동무가 되는 일이었기에 나는 재빨리 휴대폰을 집어들었다. 새벽 1시. 이 시간에 일어나 있을 사람은 한정되어 있다. 나는 갈등의 여지도 없이 아티스트라고 저장된 번호를 지정했다. 신호음이 얼마 울리지 않아 '글 쓰고 있었던 거야?'라는 반가운 목소리가 나를 반겼다.

"낸시랭 누나는 그럼 그림을 그리고 있었겠네요?"

"하하! 이제 방금 작업실에 도착했어. 오늘 녹화가 있어서 늦게 왔어. 집필실이야?"

"아니요, 봉사활동 갔다가 오는 길이에요. 고속도로예요."

낸시랭 누나의 활기찬 목소리는 나의 잠을 앗아갔다. 나와는 상반된 매력을 가지고 있는 그녀는 언제나 무한한 에너지를 나에게 전해줬다. 우울하고 침울한 사람이 나라면 그녀는 언제나 긍정적이고 밝은 사람의 대명사이다. 나는 새로운 것에 대한 두려움을 안고 있는 반면 그녀는 새로운 도전에 흥분하며 카타르시스를 느끼는 사람이었다.

잠이 달아난 상태에서 감성의 충만이 찾아오는 새벽 시간이라…. 분위기는 감성적으로 변했다. 봉사활동에 관심이 많은 그녀와 나는 오늘 있었던 어르신들 봉사현장에 대한 이야기를 이어갔다. 오전부터 임대한 땅에 밭을 일궜다는 이야기부터 어르신들과 담소를 나눈 여러 이야기를 떠들어댔다. 그녀가 갑자기 말을 잘랐다.

"그런데 한센병이 뭐야?"

"나병은 알죠? 문둥병."

"아하! 그거구나."

"네, 참 불쌍한 분들이에요. 삶 자체가 전쟁이었어요. 정말 불쌍하고 안쓰러워요."

"왜? 뭐가 그렇게 안쓰럽고 불쌍한데?"

그녀는 한센병에 대해 잘 알지 못했다. 외국에서 살았으니 당연했다. 지금 나와 비슷한 연배이거나 나이가 조금 많은 사람들도 어르신들의 역사를 잘 알지 못한다. 나는 그녀에게 한센병의 비참한 역사를 이야기해 줬다.

일제강점기 때 소록도라는 섬으로 집단 이주한 어르신들은 자식을 낳지 못하도록 거세를 당하고 인체실험의 도구가 되었다. 소록도라는 섬에서 어르신들의 학대는 당연했다. 어르신들을 가둔 자들은 한센인을 사람으로 보지 않았다. 그저 짐승이자 자신들의 실험 대상이었을 뿐이다. 소록도는 아름답다. 대한민국에서 아마도 가장 아름다운 섬으로 손꼽힐 것이다. 하지만 사람들은 모른다. 그 아름다움은 결코 아름답지 않음을…. 어르신들의 피와 땀이 서려 있는 절규가 거름이 되어 만들어진 비극의 역사를 안고 있는 땅이 바로 소록도이다.

어르신들은 해방 이후에도 사람들에게 학대당했다. 한 어르신이 말했었다.

"우리는 조선이고 일본이고 몰라. 조선이든 일본이든 사람들은 언제나 우리를 살해하려 했거든."

그 사실을 뒷받침하는 근거로 소록도를 빠져나와 집단촌을 이루려 했던 어르신들은 근처 부락 사람들에게 맞아 죽는 경우가 허다했다. 또한 정부에서조차 어르신들을 이용했다. 섬과 육지를 잇는 다리 공사에 투입되었던 어르신들은 정부에 배신당했다. 당시 어마어마한 공사였음에도 정부는 적당한 보상을 하지 않았다. 그런 어르신들이 정착을 하게 된 것은 박정희 대통령 때가 되어서야 가능했다. 익산 금오농장에 자리를 잡은 어르신들은 비록 허허벌판이었지만, 이룰 수 있는 땅이 있음에 감사했다. 어르신들은 돼지나 닭을 집단사육하며 생계를 이어갔다. 덕분에 조금씩 궁핍했던 삶은 나아졌지만, 정에 굶주렸던 어르신들은 접근하는 사람들에게 대부분 사기를 당하거나 돈을 빼앗겨 결국 힘 없는 육신만을 가진 채 살아가고 있었다.

내가 한참 어르신들의 비참한 과거를 이야기하는데 그녀가 의아해 하며 물었다.

"그게 왜 불쌍해? 뭐가 안쓰러워?"

나는 그녀의 말에 황당함을 감출 수 없었다. 나는 불쾌하다는 말투로 대답했다.

"그럼 그게 행복한 삶입니까?"

"행복은 아니지. 하지만 불쌍한 삶이나 안쓰러운 삶은 아니야."

"누나. 말이 좀 지나치시네요."

나는 노골적으로 이야기했다. 어르신들이 불쌍하지 않다는 말에 아무리 그녀의 입장을 이해하려 했지만 이해할 수 없었다. 그런데 그녀의 다음 이야기는 나를 부끄럽게 만들고 있었다.

"어떻게 그게 불쌍하냐고. 그 삶은 존경해야 되는 인생 아닌가? 그런 핍박에도 불구하고 끝까지 자리 잡으신 분들의 인생을 너는 존경해야 되는 거 아니야? 나는 그분들이 존경스러운데? 재원아. 나도 같이 가보면 안 될까? 그분들에게 배울 게 많을 것 같아. 정말 멋진 분들이야."

머리에 해머를 얻어맞은 것 같았다. 정신이 멍해졌다. 이 상태로 운전을 제대로 할 수 없을 것 같아 갓길에 차를 급하게 세웠다. 그랬다. 존경해야 하는 삶이었다. 나는 왜 어르신들을 불쌍하다고만 생각했을까? 그분들의 삶을 내가 살아왔다면 아마도 나는 스스로 목숨을 끊거나 세상을 증오하고 살았을 것이다. 하지만 어르신들은 그 혹한 세월 속에서도 웃음을 잃지 않으셨다. 나는 미련한 내 머리와 가슴을 탓했다. 그녀가 말을 이었다.

"불쌍한 삶을 사는 사람들을 도와주면 감성은 충족되겠지. 그런데 존경받는 사람을 돕게 되면 영광이 되지 않을까?"

문득 생각했습니다. '오늘 나는 무엇을 하고 있지? 나는 오늘을 어떻게 보내고 있지? 지금 나는 왜 이런 생각을 해야 하는 거야? 누군가가 나와 같은 생각을 하고 있다면….' 우리는 무의미한 지금을 보내고 있는 것입니다

낸시랭

녹화가 끝나고 무거운 몸을 이끌고 작업실로 향했다. 나에게 있어서 아트란 모든 세상의 중심이며 삶이기에 피곤함 속에서도 자석처럼 이끌려 오는 작업실이었다. 어두컴컴한 작업실에 불을 켜는 순간 재원이에게 전화가 걸려왔다. 반가운 통화를 이어갔다. 그는 피곤에 절은 목소리를 내고 있었다. 그가 나에게 물었다.

"누나, 봉사활동을 하면서 매번 느껴요. 왜 저들은 삶을 방관하고 유기하며 살고 있는 걸까요?"

"그게 사람이니까. 자신의 행복 추구가 가장 중요하니까."

그의 목소리가 어두웠다. 나는 그의 작품을 좋아했다. 언제나 약자를 위한 펜을 들었고 약자들의 목소리를 대변했다. 나의 아트가 빛이라면 그의 아트는 어둠이었다. 하지만 일반적 어둠이 아니었다. 그는 어둠을 쓸지언정 항상 마지막을 빛으로 바꾸려 노력했다. 아마 그도 어둠을 싫어했으리라. 그래서 그 안에서 어떻게 해서든 빠져나오려 발버둥치며 작품에서라도 빛을 찾으려 했으리라. 작품에서뿐만 아니라 그는 많이 어두웠다. 사회의 부조리에 대항하려 하는 그는 항상 무거운 소재를 찾아야 했다. 환한 웃음이 있는 공간에서 결코 암흑은 존재하지 않는다. 그렇기에 그는 일부러 어둠을 찾아다녔다. 그 어둠을 빛으로 바꾸려 노력했지만 늘 그보다 힘 있는 자들로 인하여 좌절했다. 그는 조금씩 지쳐가고 있었다. 그 때문에 아마도 더욱 봉사활동에 매진했을 수도 있다. 지혜를 갈구했고 어두운 힘을 이겨낼 수 있는 대중이라는 무기를 원하고 있었다.

잠시 한숨을 쉰 그가 물었다.

"행복이 뭐라고 생각하세요?"

"지금이 행복이야. 나는 언제나 해피하거든. 그런데 너는 그렇지 않아?"

"나는 지금 행복을 만들어 나가고 있어요. 누나는 지금 하는 일에 행복을 느끼지만 나는 달라요. 내가 원하는 행복은 좋은 차, 좋은 시계를 차는 일 따위가 아녜요. 모든 사람이 웃음을 함께 공유하는 것. 그게 내 행복이지요."

"그런데 정작 너는 웃지 못하고 있잖아."

그는 잠시 아무 말도 없었다. 차를 세워놓고 있다는 걸 느낄 수 있었다. 아마도 담배를 태우고 있을 것이다. 그가 담배연기를 내뿜는지 긴 숨을 내쉬며 말했다.

"아직은 웃지 못해요. 그런데 그거 알아요? 공유하는 웃음을 만드는 거 꽤나 힘들더군요. 하지만 '언젠가는'이라는 희망이 나를 일으켜 세워요. 솔직히 행복하지 않아요. 그래도 나는 나아갈 거예요. '언젠가는'이라는 단어가 곁에 있는 한."

'언. 젠. 가. 는'이라는 단어. 갑자기 스스로에게 질문을 해보는 시간이 찾아왔다.

나는 과연 '언젠가는'이라는 단어를 품고 있었을까? 이 단어의 소중함을 나는 알고 살아왔을까? 나는, 우리는 '언젠가는'이라는 단어를 간직하고 있었을까?

인생에서 가장 중요한 것이 뭘까요? 저는 지금 이 순간의 우리라 생각합니다. 제가 어떤 삶을 살아가고 어떤 위험과 좌절을 맞이하게 될지는 아무도 모릅니다. 하지만 하나만은 확실합니다. 목적지에서 내가 지난 순간들을 돌아보며 웃고 있을 거라는 거….

이중적 잣대

어느 엔터테인먼트 회사에서 그녀를 만나기로 했다. 새로운 음반을 준비하는 그녀에게 나는 꼭 소개해 주고 싶은 사람이 있었다. 약속장소에 먼저 도착을 한 나는 잠시 차 안에서 TV를 시청했다. 꽉 막힌 도로는 그녀가 약속시간에 제때 도착하지 못할 가능성을 이해하게 만들었다. 역시나 그녀는 10분 정도 늦은 시간에 도착했다. 주차장에 차를 급하게 세운 그녀가 재빨리 내렸다.

"미안. 늦었지?"

"10분 연착인데요. 괜찮아요."

"그래도 늦었잖아."

그녀는 약속에 대한 관념이 확고했다. 나는 누군가를 만날 때면 매번 30분 이상 늦는다. 사람들은 이런 나에게 조금씩 적응했다. 그런데 그녀를 만날 때면 먼저 나와 있어야 한다. 주위 사람들과는 달리 약속에 대해서는 철저한 그녀이기에 실수라는 단어가 용납되지 않을 사람 같았다.

내가 긴장하는 사람이 생긴 것이다. 사람이 긴장을 하면 부지런해진다는 것을 처음 알 수 있었다. 약속시간 10분 전에 도착하는 습관을 그녀 덕분에 배우게 되었고 이제는 몸이 알아서 척척 움직여준다.

그녀와 나는 사무실 건물로 올라갔다. 나는 간단하게 만나는 사람에 대해 설명했다. 매니저 생활을 오래하다 엔터테인먼트를 하게 되었고 신인 가수들을 발굴하는 사람이었다. 나와는 의형제이자 내 문제를 해결해주는 분이기도 했다. 그녀가 가지고 있는 고민들을 잘 풀어 줄 수 있을 든든한 사람이 될 수 있을 거라 생각했다.

그녀는 사무실에 들어서자마자 어색함 없이 형님과 대화를 술술 해나갔다. 그런 그녀를 보며 속으로 '나라면 처음 보는 사람과 저렇게 맨정신으로 쉽게 이야기하며 친해질 수 있을까?'라는 질문을 스스로에게 던져보았다. 형님 역시 그녀와 쉽게 이야기를 이어갔다. 나는 술이 들어가지 않으면 사람들을 경계하는 데 제일 주력한다. 만약 그녀와의 만남에서 내가 취해 있지 않았다면 절대 친해질 일은 없었을 것이다.

나는 대화에 끼어들지 못하고 가만히 듣기만 했다. 어느 순간 타이밍을 노려보기도 했지만 둘의 대화는 끊이지 않고 계속되었다. 30분이 넘는 가벼운 이야기 속에 드디어 본론이 나왔다. 그녀가 음반을 준비한다는 이야기를 꺼내자 형님과의 대화는 가속도가 붙었다.

"낸시랭 씨 음반이 기대되는데요. 보컬 트레이닝은 받고 계세요?"

"하루가 모자랄 정도로 열중하고 있어요. 안무 연습도 하고 밤새도록 보컬 트레이닝을 받고 있죠. 피곤하지만 새로운 도전이니 기분이 좋아요."

나는 냉수만을 들이켜고 있다가 도중 끼어들었다.

"누나, 그런데 두렵지 않아요? 사람들이."

"뭐가?"

내가 걱정하는 게 뭔지 모르겠다는 그녀의 표정이 더 황당했다.

"가수까지 한다는 거잖아요. 사람들이 어떻게 생각할지 두렵지 않아요?"

"왜 두려워해야 하지?"

그녀는 내 말을 이해하지 못하고 있었다. 서로가 답답하다는 듯한 표정이 되어 버렸다.

"누나, 갑작스러운 누나의 행보에 사람들이 좋지 않은 시선을 던질 수도 있다는 거예요. 그 시선이 두렵지 않아요?"

그녀는 잔이 있던 냉수를 들이켜고 나를 뚫어져라 쳐다봤다.

"1년을 준비했어. 물론 부족할 수도 있겠지. 나보다 더 오랜 기간 준비하는 사람들도 있을 테고 분명 나는 그들보다는 모자랄 거야. 그런데 두렵다고 도전하지 않는 사람이 더 바보 아닐까? 왜 나를 비난하지? 사람들이 나를 비난할 이유가 무엇일까? 내가 왜 비난 받아야 할까? 재원이 너는 이유를 알고 있니? 그렇다면 이유를 설명해 줄래?"

나는 그녀를 비난할 이유를 전혀 찾지 못했다. 도전이다. 새로운 도전이고, 그 도전에 비난은 있을 수 없는 일이었다. 그녀로 인하여 다른 선의의 경쟁자가 손해를 본다는 말은 현실적인 제도에 절대 맞지 않는 논리다. 그녀가 음반을 내서 손해 보는 사람이 누가 있을까? 그런데 니는 왜 사람들의 반응에 대해 그녀를 걱정했던 것일까?

"비난할 이유가 없네요."

나는 순순히 수긍했다. 그녀가 반격을 가했다.

"그런데 재원이 너는 왜 나를 걱정했던 거야?"

그 또한 모순이었다. 나는 왜 그녀를 걱정했을까? 나는 분명 사람들이 그녀에 대해 곱지 않은 시선을 보낼 거라 생각했다. 그녀의 음반 출시에 어느 사람은 악플로 공격을 가할 것이 뻔했기 때문이다. 왜 악플을 다는 것일까? 자유가 보장된 이 나라에서 하고자 하는 일을 한다는 것은 너무도 당연한 것이 아닐까? 다른 누군가도 직장을 다니며 다른 일을 하기도 하고 자신의 자유의사로 지금의 일보다 더 나은 일을 찾기도 한다. 그럼 그 모두가 비난 받아야 하는 것일까?

"그냥. 그런 사람들이 꼭 있잖아요. 상처 받을까봐 걱정돼서 그랬어요."

내 말에 그녀의 표정은 생기와 흥분으로 가득했다.

"나는 지금 너무 행복해. 내가 하고 싶은 또 하나의 꿈을 이루는 시점이거든. 그 어떤 비난도 정당화될 수 없다는 걸 알기에 두렵지 않은 거야. 그들의 말은 정당성이 부족해. 나는 노력했고 설사 부족하더라도 노력의 결과물이기에 나는 후회하지 않을 거야. 나를 욕하는 사람들에게 묻고 싶어. 얼마나 노력하며 살아가는지. 나는 죽을 듯이 노력하고 있어. 꿈을 위한 도전에 사람들은 왜 나를 비난하는 것일까? 그들의 비난에 정당성이 존재하기는 할까? 두렵지 않아. 나는 노력했거든."

나는 그랬다. 항상 사람들의 비난이 두려웠다. 무슨 새로운 시도에 있어서 열의를 품기보다는 두려움이 먼저 다가왔다. '다른 사람들이 나를 어떻게 생각할까?'라는 질문이 '이 새로운 도전으로 내 열정을 채워보겠다.'라는 다짐보다 앞서 내 머리를 덮쳐왔다. 나는 왜 두려워했던 것일까?

내가 비도덕적 행위를 하지 않는다면 어떤 누가 나를 비난할지라도 당당해야 하지 않을까?

우리는 어떤 삶을 살아가고 있을까?

그녀와 같이 꿈에 당당히 도전하는 삶?

아니면 나와 같이 도전하기도 전에 주위의 눈치를 살피는 삶?

아마도 나와 같은 사람들이 더 많을 것이다. 그렇기에 우리는 도전하는 자들을 비난하는 누군가도 될 수 있는 것이다.

 성공으로 가는 지름길이 무엇일까요? 바로 자신감과 자신에 대한 확고한 믿음입니다. 내가 숨을 멈추지 않고 계속 살아간다면 언젠가는 이룰 수 있다는 자신감과 자신만의 믿음.

그는 나의 말에 걱정스런 눈을 하고 있었다. 나의 당당함에도 그는 여전히 불안했나보다.

나는 그의 입에서 어떤 말이 나올지가 궁금했다. 너무 다르기에 분명 내가 생각하지 못하는 부분을 염려하고 있을 것이다. 그는 한참을 생각하다 입을 열었다.

"누나, 사람들은 꿈을 이룬 자는 존경해도 꿈을 이루려다 실패한 자는 멸시해요."

"그렇지."

그의 말에 처음으로 공감하는 말이었다. 그는 슬픈 모습을 하고는 말을 이었다.

"꿈을 이룬 자들을 동경하는 동시에 꿈에서 좌절한 자들에게는 자신들과 같이 현실과 타협해서 살아가라 강요하고 가르치죠. 이렇게 모순된 이중적 잣대가 그들은 당연하다 생각해요. 잔인하지 않아요?"

"잔인함까지는 모르겠다."

그가 나를 바라보았다. 그의 두 눈은 분명 내 허를 찌를 무언가를 가지고 있다는 확신이 비춰졌다.

"나도 그렇고 누나도 그래요. 어떤 사람도 똑같을 거예요. 만약에 내 주위 사람 중 누군가가 안정된 직장을 박차고 나가 언더그라운드에서 노래를 한다면 분명 미쳤다고 할 거예요. 누나는 어때요?"

"나도 그러겠지."

나는 그의 다음 이야기를 짐작했다. 터져 나올 그의 말에 대한 적절한 대답을 미리 생각하려 했지만 아무런 말도 떠오르지 않았다.

"그런데 꿈을 위해 박차고 나간 그 사람이 대중의 사랑을 한몸에 받게 되었어요. 그리고 유명한 가수가 됐지요. 그럼 우리는 그를 바라보며 뜨거운 박수를 보낼 거예요. 꿈을 이룬 그에게 머리를 숙이겠죠. 그리고 동경하며 부러워하겠죠. 반대로 그가 인정받지 못하고 가난에 찌들어 살게 된다면 우리는 그를 비난할 거예요. '거 봐라. 안 된다고 했잖냐.'라는 현실에 타협하지 못한 그의 미련함을 탓하겠죠. 정말 이중적이면서 잔인하지 않나요?"

나는, 그는, 우리는 왜 이런 이중적 잣대를 무의식적으로 인정하며 살아갈까?

그의 이야기에 내 스스로가 부끄러워졌다.

그리고 스스로에게 분노했다.

 죽음을 두려워하지 마세요. 내 인생의 마지막 순간, 미완으로 남게 될 나의 삶을 두려워하시길 바랍니다.

Love Bomb Explodes

진실함

소재원

특강이 있어 아침부터 분주했다. 행복을 주제로 하는 강의였다. 뜬눈으로 밤을 지새웠다. 강의에 나갈 시간이 다가왔지만 나는 강의 자료를 하나도 준비하지 못했다. 나는 요즘 행복하지 않기 때문이다. 행복하지 않은 사람이 어찌 행복을 강의할 수 있을까?

그래도 잡혀 있는 일정이기에 무거운 발걸음을 향했다. 이미 강당에는 많은 사람들이 모여 있었다. 강의 시작 오 분 전, 그녀에게 전화가 걸려왔다. 나는 피곤에 절은 목소리로 전화를 받았다. 예상대로 그녀의 목소리는 밝았다.

"이따 점심에 압구정 쪽을 가거든. 한 시간 정도 여유 있는데 밥이나 먹을까?"

"누나, 나 강의를 왔는데 그 시간 안에는 들어갈 수 있을 거 같아요. 그래요. 밥 먹어요."

"목소리가 왜 그래? 무슨 일 있어?"

그녀는 평소보다 더 어두운 나의 목소리에 궁금증이 폭발했다. 그녀의 두 눈과 귀는 세상 모든 것을 호기심으로 바라보고 듣는 축복이 내려져 있었다. 나는 그녀에게 오늘의 강의 내용과 나의 현재 상태를 설명했다. 그녀는 대수롭지 않다는 듯 말했다.

"뭐가 그리 걱정이야?"

"그냥. 행복하지 않은데 강의를 해야 하잖아요."

"솔직하게 말하면 되잖아."

"네?"

"그냥 솔직하게 다 말해. 행복하지 않아서 강의를 못하겠다고 사람들에게 당당하게 말해. 그게 잘못된 건가? 거짓으로 억지 강의를 하는 것보다 좋은 일 아닌가?"

그녀는 거짓말에 서투르다. 아니, 거짓말 자체가 없는 사람이다. 자신의 있는 그대로를 보여주는 사람이자 거짓이 없다는 것에 당당하다. 부럽기도 하지만 그로 인하여 사람들의 아니꼬운 시선도 동시에 받는다. 나는 문득 생각했다. 누군가와 같이 거짓말로 자신을 표현하는 사람들보다는 훨씬 깨끗하고 당당한 삶이 바로 그녀와 같은 삶은 아닐까?

"두려워요. 사람들이 나를 어떻게 생각할지. 야유가 들려올 수도 있어요."

"내 말대로 해봐. 그럼 느낄 수 있을 거야. 재원아! 파이팅!"

그녀가 목소리를 높였다.

"내가 응원해주니까 다 잘 될 거야. 파이팅!"

기합을 불어 넣는 그녀의 목소리에 왠지 모를 자신감이 생겼다. 그녀의 마력은 바로 이런 모습일 것이다. 누군가가 믿을 수 있는 솔직함. 솔직함 속에 의지하고 기댈 수 있는 당당하고 강인한 모습.

5분은 짧았다. 나는 그녀의 말대로 예전에 사용했던 강의 자료를 대기실에 두고 강단에 올랐다. 대략 80명의 사람들이 나를 기다리고 있었다. 심장이 두근거렸다. 모두가 조용하게 내 말을 기다렸다. 나는 낮은 목소리로 말했다.

"여러분, 저는 행복을 주제로 강의를 하려 합니다. 하지만 저는 요즘 행복하지 않습니다. 어떤 강의도 할 수가 없지요. 대신 솔직하게 제가 살아온 이야기를 들려드리려 합니다. 괜찮으시겠습니까?"

사람들은 말이 없었다. '무슨 이런 사람이 다 있나?'라는 생각을 하는 듯했다. 딱딱하게 얼어붙은 모습으로 나는 1시간 30분이 넘는 시간 동안 내가 살아온 이야기들을 들려주기 시작했다. 노숙을 하면서 글을 쓰고 취재하려 화류계에 들어갔으며 어머니를 찾기 위해 소설가가 되었다는 이야기들을 있는 그대로 솔직하게 말했다.

낸시랭의 마법이 바로 이런 것일까? 어느 순간 사람들의 눈시울이 붉어졌다. 손으로 눈물을 훔치는 이들이 많아졌다. 내 눈도 붉어지고 눈물이 흘러내렸다.

"제 이야기를 끝까지 들어 주셔서 감사합니다. 이만 마치겠습니다."

내 말이 끝남과 동시에 박수가 터져 나왔다. 처음으로 힘찬 박수를 받는 순간이었다. 형식이 아닌 진실이라는 감정이 만들어낸 뜨거운 소리였다.

사람들은 거짓으로 많은 것을 이루려 한다. 포장은 하고 진실은 일부분만을 사용하기도 한다. 누군가에게 설득력을 이끌어 나가려, 호감을 사려, 감정을 움직이려 많은 부분 거짓을 소스처럼 사용하고 있다.

나는 느꼈다. 진실한 가슴이야말로 사람의 마음을 움직일 수 있다는 것을….

물론 부작용도 있다. 그녀가 모든 이들의 사랑을 받지는 않고 있으니까. 하지만 진실이 유지된다면, 시간이 지나도 한결같이 진실로 살아간다면 자신을 싫어하던 사람들도 깨닫게 될 것이다.

진실의 힘, 그녀를 통해 나는 그것을 믿게 되었다.

청춘이 지나가면 어쩔 수 없는 거짓말에 익숙해질 것이다. 청춘을 거짓말로 낭비하지 말자.

 예전에 작품을 쓰다 좌절했을 때 제가 아버지께 말했습니다. "아빠. 이제 나 더 이상 작가로 살 수 없을 거 같아. 다 끝났어. 머리가 텅비어 버렸거든." 아버지께서 말씀하셨습니다. "네가 언제 시작이라도 했었나? 이제 겨우 한걸음 떼려는 놈이 말이 쉽구나."

점심을 함께 먹는 그의 표정이 밝아보였다. 오랜만에 보는 웃음이었다. 뭐가 그리 바쁜지 허겁지겁 밥을 먹는 그는 누군가에게 쫓기고 있는 듯했다. 상대에 대한 배려는 전혀 없었다. 나는 아직 절반도 먹지 못했는데 그의 밥그릇은 이미 비워져 있었다. 그가 웃으며 물을 찾았다.

"누나 오늘 강의 완전 좋았어요. 하하!"

"잘됐다! 그런데 앞으로는 매너도 좀 배워."

내가 깔끔하게 비워진 밥그릇을 보며 말하자 그가 넉살좋게 말했다.

"습관이 돼서 그래요."

"그래도 그렇지 난 아직 절반도 못 먹었는데."

"미안해요. 내가 왜 이렇게 밥을 빨리 먹는지 말해줄까요?"

그는 자신의 과거를 이야기하기 시작했다. 그의 아버지는 미술교사다. 내가 들은 이야기로는 미술대회에 나가면 언제나 상을 휩쓸며 총망 받는 분이셨다. 할아버지는 서울대에서 그림을 그리셨고, 그의 작은 아버지 역시 러시아 유학을 갔다 온 화백이었다. 내가 아는 것은 여기까지였다. 그림을 그리는 집안. 그는 오늘 그 이상의 이야기를 내게 하려 했다. 그가 고등학생 때 아버지께서 보증을 잘못 서서 집이 경매에 넘어가는 지경에 이르렀다 한다. 집이라도 건지기 위해 아버지는 작은어머니께 부탁했고 다행히도 집은 건졌지만 월급에 차압이 들어오는 바람에 생활은 궁핍했다고 했다. 그는 태어나서 처음으로 아르바이트라는 것을 해야 했다. 그는 학교가 끝나면 곧바로 순대국밥집을 찾아 아르바이트를 했

다고 한다. 저녁시간이라 손님이 많아 항상 밥 먹는 시간은 5분을 넘겨
서는 안 됐다고 했다. 그때의 버릇이 지금까지 이어져 밥 먹는 시간은 채
10분을 넘기지 않는 그였다.

"누나 내가 왜 이런 이야기를 하는지 알아요?"

"왜?"

"나는 사람들에게 내 과거를 포장해서 말을 했었어요. 항상 거짓이 따
라왔었죠. 우리 집이 가난했던 시절은 꽤 길었어요. 내가 23살 때가 되어
서야 아버지는 빚에서 어느 정도 자유로워지실 수 있었으니까요. 누나도
대학을 나와 아이들을 가르치기 시작하면서 조금씩 여유가 생기기 시작
했어요. 솔직히 그 전까지는 명예만 있고 아무 것도 없는 껍데기 집안이
었죠. 3대째 교육자이자 그림을 그리는 집안이다 보니 고향 사람들 30%
가 우리 집안사람들에게 교육을 받았을 정도였으니까요. 가난이라는 게
무서웠어요. 이유는 모르겠지만 무서웠고 자연스럽게 거짓말로 많은 걸
포장했죠."

"왜 그걸 포장해야만 했을까? 뭐가 그렇게 무섭다고 그렇게 살아야 했
을까? 진실했으면 됐잖아."

"이제야 알게 되었어요. 진실하게 되면 마음도 가벼워진다는 것을."

"과거에는 왜 몰랐던 거야?"

그의 입가에 웃음이 사라졌다. 나는 어린 시절이 풍족했다. 공주처
럼 자랐고 그로 인해 언제나 당당했다. 나는 그를 이해할 수 없었다. 포
장된 삶을 살아야 했던 그의 인생을 도저히 납득할 수 없었다.

"자존심 때문이었어요. 누나도 자존심이 굉장하지요. 하지만 다른 부

If I Ruled The World...

류의 자존심이 있어요. 자격지심이라고 알아요? 바로 그거예요. 그게 있으면 거짓이 많아지거든요."

이해할 수는 없었지만 납득은 됐다. 나에게는 존재하지 않는 단어였으니까. 자격지심으로 파생되는 것들을 나는 노력으로 풀어냈다. 그렇기에 나는 거짓을 이야기하거나 부풀리지 않는다.

"나는 그런 감정을 싸구려라 생각하기 때문에 인정하지 않아."

"대부분의 사람이 그래요. 누나와 같은 사람은 아주 적지요. 그런데 누나가 이해해야 돼요. 그들을 이해하지는 못하더라도 경멸하지는 말아줘요."

"노력하지 않는 사람들이잖아."

나의 말에 그의 말은 참으로 따뜻했다.

"누나, 누나가 나에게 해준 말을 모든 사람에게 해줬으면 해요. 그래서 우리가 이끌어가요."

진실의 전파라. 꽤나 멋있는 생각이다.

 자신이 불행하다 생각한다면, 1분만 숨을 참고 1분만 눈을 감고 움직이고 1분만 왼쪽 손으로 밥을 먹어 보세요. 그럼 지금 내가 얼마나 행복한지 알 수 있을 겁니다.

긍정의 전환

소재원

새벽시간이었다. 갑갑한 생각이 내 머리를 가득 채우고 있었다. 새롭게 찾아온 혼란이 있었다. 나는 혼란 속에 분노로 활활 타오르는 가슴속 불을 잠재우기 위해 술을 마셨다. 하지만 오히려 술은 기름과 같은 역할을 하였다.

작가가 행동하지 않는다면 백수와 다를 바 없다. 소외된 자들의 목소리를 대변해야 하건만 온갖 잡동사니들이 머리를 채우고 있었다. 답답한 마음에 그녀에게 전화를 걸었다. 그녀는 작업실에서 그림을 그리고 있었다. 내가 말했다.

"누나, 방은 비좁은데 너무 큰 TV를 장만했어요. 하는 수 없이 나는 방안의 잡동사니를 모두 버려야 했지요. 그러자 방안에 남은 것은 TV 하나밖에 없었어요. 나는 고민했어요. TV를 위해 모든 걸 버려야 하느냐. 아니면 TV를 버리고 다른 많은 물건을 들여놓느냐. 누나는 어떻게 한 것 같아요?"

그녀가 말했다.

"나는 더 큰 방으로 이사를 갈 것 같은데?"

그녀 말이 정답이었다. 비좁은 방에서 무언가를 버릴 궁리만 하고 이사할 생각은 하지 않은 내 머리가 어리석었다.

 찬 공기를 쐬러 밖을 서성였습니다. 술에 취한 분이 말을 걸어왔습니다.
"사는 게 재미없지 않아? 말 좀 해봐."
그 분을 모시고 편의점으로가 음료수를 사드리며 말했습니다.
"사는 걸 재미없게 만드는 건 아저씨입니다."
지금 이렇게 술 마시고 휘청거리는 일이 재미없는 일이잖아요.

작품에 열중하고 있는데 걸려온 전화. 열정을 깨뜨리는 전화에 짜증을 내려 전화를 받았다. 그였다. 혀가 심하게 꼬인 그에게 차마 화를 낼 수 없었다.

"누나는 어떤 사람이 되고 싶어요?"

뜬금없는 이야기였다. 하지만 늘 꿈꾸던 일이었기에 거침없이 대답했다.

"사랑 받는 사람."

"왜요?"

"내가 죽어도 잊히기 싫으니까. 나를 사랑하는 사람들이 내 이야기를 후대에 전해 줄 테니까."

"그렇구나. 나도 사랑 받는 사람이 되고 싶어요. 그런데 힘들어요. 오늘도 질타 받았어요. 내가 계획한 일이 모두 실패로 돌아갔어요."

"무슨 일이야?"

그는 꽤나 억울하다는 듯 이야기했다. 며칠 전부터 그는 불면증에 시달렸다. 그의 성격을 보자면 충분히 불면증뿐만이 아니라 심리적인 부담감으로 짓눌려 있었을 것이다. 그가 계획한 일들은 한센병 어르신들에게 돌아갈 수많은 이익들을 독식한 어느 권력자를 응징하는 일이었다. 그래서 기자를 만나고 자료를 넘겨주기로 했었다. 그런데 갑자기 신문사 기자가 돌변하여 기사화하지 못하겠다고 말을 한 것이다. 그는 치를 떨며 오늘 있었던 일들을 상세하게 설명했다. 나는 그를 위로했다.

"타협을 해야지. 네가 이외수 선생님이나 공지영 선생님과 같은 위치에 올랐을 때 해도 늦지 않아. 지금은 참고 웅크리고 있어야 하지 않을까? 억울해 하지 말고 참고 기다려. 더러운 걸 보더라도 눈을 감고 참으란 말이야. 네가 더 성장할 때까지."

그는 내 위로가 마음에 들지 않았나보다. 그는 크게 웃으며 말했다.

"누나, 시간이라는 끝나지 않는 오솔길이 있어요. 지나온 오솔길에 우리는 얼마나 많은 씨앗을 뿌려 놓았을까요? 나는 내 뒤를 따라오는 사람들에게 정의가 승리하는 과정이 힘겹지 않다는 것을 증명해 보이고 싶어요. 내가 걸어온 길이 황폐한 길이 아닌 화창한 꽃길이었으면 좋겠어요. 부지런히 씨앗을 뿌리며 걸어가고 싶어요. 비록 지금은 황폐하지만 시간이 지나면 그 길에 꽃이 아름답게 피겠죠? 나와 같은 이상을 추구하는 누군가는 황폐한 길이 아닌 아름다운 꽃길을 보며 즐겁게 목적지까지 도착할 수 있겠죠? 사랑 받는 사람이 되고 싶다면서요. 그렇다면 뒤에 오는 사람들에게 걸어오는 길 정도는 아름답게 꾸며줘야죠"

나는 뒤돌아볼 여유가 없었다. 청춘이 지나가고 난 뒤, 그 청춘의 길을 돌아볼 때 과연 나는 아름다운 청춘을 바라볼 수 있었을까? 학생운동으로 민주화를 이끌고 시대를 이끌어온 지난 선배들의 청춘. 부러웠다. 청춘의 길에 나는 무엇을 남겨 놓았을까? 후배들에게 나는 어떤 꽃길을 선물하고 있을까?

 10년을 정말 10년 같이 사는 사람과 10년을 20년 같이 사는 사람, 10년을 1년 같이 사는 사람이 있습니다.
당신은 어떤 사람입니까?

서로에게 주는 가르침

소재원

햇살이 맑은 어느 날이었다. 나는 도심에서 벗어나 드라이브를 즐기고 있었다. 갑갑한 시멘트 숲에서 이 아름다운 자연을 느끼지 못한다는 억울함이 혼자라는 낯선 길을 과감하게 만들었다. 신나게 음악을 들으며 고속도로를 질주했다. 행선지는 없었다. 그저 이렇게 차를 몰다 피곤이 밀려오면 아무 톨게이트를 빠져나가 그곳 경치를 구경하고 지역에서 가장 유명한 음식을 먹어볼 요량이었다. 신나게 달리는 고속도로가 조금씩 지겨워졌다. 설악이라는 IC가 눈에 들어왔다. 재빨리 톨게이트를 빠져나갔다. 내가 상상한 시골의 풍경과는 조금 달랐지만 그래도 도심을 벗어나 나무 향을 맡는다는 것에 그나마 위안을 느끼고 있었다. 높은 건물들이 없으니 답답함도 덜했다. 읍내를 지나 좁은 길을 내달렸다. 그러자 보기 드문 경관이 나를 맞이했다. 깎아지른 절경이 숨 막히듯 다가오는 도로, 차가 다니지 않는 도로라 갓길에 주차를 하고 핸드폰으로 사진을 찍어 몇몇 지인들에게 전송을 했다. 제목은 '자연이 우리에게 주는 가르침. 결코 자연을 해하려하지 말라'였다. 가장 먼저 그녀가 답장을 전송해 왔다.

"여행 갔나보네. 가르침이라. 우리 서로 인생을 살아가면서 느낀 점을 충고해 주는 글을 전달해 보는 건 어떨까?"

그녀의 문자는 색달랐다. 나는 피식 웃으며 재빨리 문자를 전송했다.

"내일까지 쓸게요. 누나는 어떤 글로 가르침을 줄지 무척 궁금하네요."

나는 차안에 창문을 모조리 열어 놓고 기록장을 꺼내 열심히 글을 써 내려갔다.

제목: 희망의 글

• 자신의 신세에 좌절하지 맙시다.

저는 노숙을 하며 인간 이하의 취급을 받았습니다. 길거리에 쭈그려 앉아 김밥을 먹었습니다. 종종 김밥을 먹던 제 손을 고등학생들이 발로 걷어찼고 떨어진 김밥을 주워 먹던 날이 수도 없이 많았습니다. 자고 있는데 술에 취한 취객이 오줌을 뿌린 적도 있었습니다.

• 자신의 꿈을 다른 핑계들로 포기하지 맙시다.

핑계 없는 무덤은 없습니다. 저 역시 꿈을 포기하기 위한 유혹의 핑계들을 대라면 하루 종일 나열해도 부족했습니다. 노숙, 굶주림, 무시와 괄시, 추위와 더위, 돈, 미래의 불투명함, 가난한 직업 등.

• 건강이 좋지 않습니다, 외모가 다른 이들보다 떨어진다 생각하지 맙시다.

저는 만성 위궤양과, 고혈압, 역류성 식도염을 가지고 있습니다. 잠을 잘 때면 역류하는 위액으로 하루도 잠을 편안하게 잘 수 없습니다. 노숙시절, 저는 한 노숙인에게 매일 맞아야 했습니다. 매를 부르는 얼굴이라며 이유 없이 저를 때리기 일쑤였습니다. 상처가 아물 날이 없었습니다.

• 하는 일이 잘 안 된다 실망하지 맙시다.

누군가가 자신을 알아주지 않는다고 힘들어 하지 맙시다. 제 첫 작품은 200군데가 넘는 출판사에서 퇴짜를 맞았습니다.

• 목표했던 일이 노력에 비해 성과가 부족하더라도 실망하지 맙시다.

제가 5년 동안 공들였던 『밤의 대한민국』이라는 작품은 유통과 어이없는 인쇄 과정의 실수로 실패를 맛보아야 했습니다. 그래도 썼습니다. 미친 듯이 써내려 갔습니다.

• 돈에 좌절하지 맙시다.

저는 첫 작품이 출판되기 전까지 한 달 수입이 10만 원밖에 되지 않았습니다. 하지만 저는 여유로웠습니다.

• 남들이 하는 것을 못한다고 실망하지 맙시다.

저는 비행기도, 제주도도 한 번 가보지 못했습니다. 20대의 제 삶은 글이라는 것만 가득합니다. 나중에 해도 늦지 않습니다. 부러움을 실망으로 이끌어 가면 좌절로 변질됩니다. 부러움을 오기로 이끌어 가면 성공합니다.

• 취업이 힘들다 이야기하지 맙시다.

저는 어머니가 떠나간 13살 때부터 글을 썼고 20살 때 출판 준비를 하여 26살 때 비로소 첫 작품이 나올 수 있었습니다.

• 사랑에 힘들다 이야기하지 맙시다.

저는 곁에만 있다면 무슨 짓이든 할 수 있는 한 사람이 다른 사람과 결혼을 했습니다. 저는 볼 수만 있어도 행복하다 생각하는 한 사람이 세상을 떠났습니다.

 하늘에 왜 달이 떠 있는 것일까요? 왜 해가 떠 있는 걸까요? 별은 왜 그렇게 하늘에 촘촘하게 박혀 있는 걸까요? 잘 모르겠죠? 우리도 그렇습니다. 굳이 존재에 대한 이유를 찾지 마세요. 달이 떠 있는 이유를 몰라도, 해가 떠 있는 이유를 몰라도, 별이 저렇게 촘촘히 박혀 있는 이유를 몰라도 우리는 살아왔잖습니다. 중요한 건 해가 있기에 화창함을 즐길 수 있고 달이 있기에 낭만을 즐기고 별이 있기에 고요함을 알 수 있다는 것입니다. 굳이 내가 왜 존재하는지를 찾지 말고 내가 존재함으로써 무언가를 즐길 수 있다는 것만 생각합시다. 그걸로 충분합니다.

낸시램

그와 문자를 주고받고 오랜만에 책상 앞에 앉았다. 내가 먼저 제의를 했지만 꽤나 어려운 글을 써야만 했다. 잠시 눈을 감았다. 내가 느낀 청춘을 함께 걸어가는 사람들에게 전해 주기 위해 예전의 삶을 돌아보았다. 천천히 나는 지금까지 내가 느낀 것들을 써내려가기 시작했다.

• 나와 함께 하는 동행들에게.

인생이란 참 오묘한 거야.

우리는 그 시간을 살아간다는 것을 감사하다 생각해야 돼.

가끔은 슬플 때도 있겠지.

항상 행복의 환희만이 존재하는 아름다운 세상만은 아니니까.

하지만 행복 속에 가끔 찾아오는 슬픔이니

무감각해져 버리는 우리의 삶의 활력소라 생각해.

70년을 사는 우리에게 몇 년의 슬픔이 함께 할까?

슬프지 않다면, 행복을 느낄 수 있었을까?

울고 싶을 때도 있겠지.

마냥 웃을 수 있는 시간만이 존재하지는 않으니까.

하지만 행복한 웃음만 있다면, 눈물이 메말라버려 감동을 느끼지 못할 거야.

눈물이 없었다면 우리가 촉촉한 아름다운 눈을 가질 수 있었을까?

이별할 때도 있겠지.

우리의 잘못된 판단은 늘 있기 마련이니까.

하지만 잘못된 판단을 내렸기에

다음 사람과의 행복을 보장받을 수 있는 거라 생각해.

이별이 없는 삶에 우리는 아쉬움과 아련함이란 소중함을 기억할 수 있었을까?

그리울 때도 있겠지.

그리움에 사무치는 나날이 없었다면 우리는 무엇을 곱씹으며 살아갈까?

그리움이 없는 삶에 우리는 그 무엇을 추억으로 남길 수 있을까?

고통도 있겠지.

고통 속에 허우적거리는 삶이 없다면

우리는 과연 이 삶에 고통이 없다는 것에 감사할 수 있을까?

고통이 없는 삶에 내가 느끼는 교훈이 과연 있었을까?

절망도 있겠지.

절망 없는 우리에게 용기라는 것이 함께할 수 있었을까?

절망이 다가오지 않았었다면, 우리는 아마도 무언가를 찾으려 노력도 하지 않았을 거야.

불행한 순간도 있겠지.

불행이 없는 우리에게 희망이 존재하기는 했을까?

불행이 없는 삶속에서 우리는 간절함이라는 것을 느낄 수 있었을까?

 누군가가 너를 착하다고 하는 말이 바보라 부르는 거 같아?
누군가가 너를 안타깝다 하면 물러터진 사람이라고 이야기하는 것 같아 두려워?
아무 상관없는 사람 때문에 눈물이 날 때면 다른 사람이 어떻게 생각할까 부끄러워?
그저 한없이 사랑하다 배신당하고 상처받는 일에 사람들이 못난이라 말할까 봐 창피해?
그 사람들… 만나지 마세요. 그런 사람들과 섞여 있으면 당신의 아름다운 가슴은 금방 더러워지거든요.
그 아름다움을 간직한 소수의 사람들과 함께 합시다.
그리고 그 아름다움을 누군가에게 전염시켜 줍시다.
지금은 못된 녀석들의 못된 버릇이 전염되는 시대입니다.
하지만 그 전염을 막을 수 있는 백신을 당신이 가지고 있는 겁니다.
당신 스스로가 그 백신입니다.
당신은 선택받은 사람입니다.
세상을 구할 아주 멋진 사람….

세상에서 가장 억울한 일

소재원

봄이라는 계절이 사람을 무기력하게 만들었다. 따뜻함만이 가득한 세상은 내 육신에게 매일 수면제를 선물했다. 꾸벅꾸벅 조는 시간이 많았다. 여가생활이라고는 헬스장에서 운동하는 일밖에 없는 나에게 그녀는 새로운 취미를 선물해 주었다. 나가기 귀찮은 날이었지만 그녀를 만나기 위해 도로 한편에 우두커니 서 있었다. 그녀의 작고 귀여운 차가 눈에 확 들어왔다. 뒤에 차가 많아 재빨리 차에 올랐다. 그녀는 수면제와 같은 봄바람에도 활기가 넘쳐나고 있었다.

"요즘 왜 이렇게 얼굴 보기가 힘들어?"

"누나가 바쁜 거지요. 요즘은 강의도 줄고 작품도 다 끝나서 할 일이 별로 없다고요. 작품 나오기 2주 전까지는 그냥 백수가 된 거죠. 누나는 왜 그렇게 얼굴 보기가 힘들어요?"

"나? 나는 휴일이 없잖아. 음반 준비도 해야 되고, 방송도 해야 되고, 그림도 그려야 하니까."

83

"오늘은?"

"특별히 시간 냈다."

"아이고, 감사합니다."

시답지 않은 농담을 주고받으니 그녀의 바이러스에 중독이 되었다. 잠은 금세 달아났고 조잘거리는 그녀의 말을 경청하기 시작했다.

그녀는 어느 으리으리한 건물이 많은 동네로 향했다. 갤러리가 많이 있는 곳이었다.

"전시회 구경하자는 거였군요?"

"이제야 안 거야?"

나는 그녀에게서 딱 한 가지 서툰 점을 발견했다. 바로 주차를 하는 일이다. 과감하기는 한데, 브레이크를 밟는 방법을 잊어버린 듯한 돌진형 후진을 자주 한다. 그녀가 주차를 하려하자 나는 자연스럽게 내려서 뒤를 봐줬다.

"스톱!"

오늘도 겨우 아슬아슬하게 앞차와의 간격을 맞췄다. 그녀는 태연하게 내려 나와 같이 전시회가 열리는 갤러리 안으로 들어갔다. 그녀는 그림을 바라보는 시선이 나와는 달랐다. 해학적이고 아름다운 그림들을 좋아하면서도 다양한 여러 작품들을 즐기는 눈을 가지고 있었다. 나는 정반대로 극사실, 즉 하이퍼리즘의 작품들만을 좋아했다. 나는 그녀의 두 눈을 언제 한 번 빌려보고 싶다는 생각을 했었다. '과연 저 눈은 어떤 시각으로 그림을 바라보기에 자신의 장르가 아닌 작품을 봐도 즐거워할 수 있는 걸까?'라는 질문을 늘 품고 있었다.

그녀는 천천히 작품을 감상했다. 그녀는 작품을 그리거나 전시회를 찾을 때면 너무 진지해진다. 천천히 옮기는 발걸음은 그녀의 머리가 많은 생각을 하고 있다는 것을 알려주고 있다. 꽤나 지루했다. 나는 팸플릿을 가지고 혼자 이리저리 돌아다니고 있었다. 그때 굉장히 흥미로운 일이 벌어졌다. 6살 정도 되어 보이는 아이가 엄마에게 혼이 나고 있었다. 엄마는 '너 정말 그렇게 거짓말 할 거야! 열 안 나잖아!'라고 소리쳤다. 아마도 전시회를 온 아이가 나와 같이 지루함을 못 이겨 아프다고 거짓말을 한 것 같았다. 아이는 펑펑 울고 있었다. 그때 그녀가 내 앞을 지나쳐 아이에게로 다가갔다. 그녀가 아이의 이마를 짚어보았다.

"열 꽤 나는데요? 아프겠는 걸!"

그녀의 말에 아이의 엄마는 서둘러 다시 이마를 짚어보았다. 그녀가 끼어들었다.

"아마도 손이 뜨거우신 편일 거예요. 제가 짚어봤을 땐 많이 아파 보여요. 그리고 아이가 저 정도로 울 때는 한 번쯤 걱정을 해보셨어야 하는 거 아닌가요?"

그녀가 아이를 감싸 안았다. 아이 엄마가 '죄송합니다'라고 말하고는 급하게 아이를 데리고 자리를 빠져나갔다. 그 모습을 멍하니 지켜보고 있는 그녀에게 내가 천천히 다가갔다.

"제가 심리를 좀 공부해서 아는데 저 아이 많이 억울했겠어요. 아마도 평생 기억에 남겠죠. 근데 누나, 남의 일에 잘도 끼어드시네요. 그러다 아이 엄마가 기분 나빠지면 어쩌시려고 그런 거예요?"

그녀는 아이가 밖으로 나갈 때까지 시선을 응시하며 최면에 걸린 사람처럼 말했다.

"아프다잖아. 울고 있잖아."

"네?"

아이가 완전히 전시회장을 빠져나간 뒤에야 그녀가 시선을 나에게로 향했다.

"믿지 못한다는 거 정말 외롭거든. 소외받는 느낌일 거야. 아니, 정말 억울하고 배신감마저 들겠지? 재원아!"

나는 무슨 일인지 묻고 싶었지만 입은 떨어지지 않았다. 그녀가 내 이름을 부름에 '네?'라고 대답했을 뿐이다. 왜 그렇게 슬퍼 보이는 것일까? 처음으로 그녀에게서 우울을 보았다.

"의심이라는 거 정말 싫어. 왜 그래야 할까? 서로가 서로를 경계하는 세상이 좋은 걸까?"

"세월이 우리에게 주는 경험과 같은 거 아닐까요? 그래서 그런 건 아닐까요?"

그녀는 멍한 표정으로 말했다.

"혼란. 그거야. 세월이 우리에게 준 썩은 지식이 순수함에 말도 안 되는 논리를 적용하려 하는 거야. 하지만 그 썩은 지식은 금방 순수함으로 정화될 거야. 난 그렇게 믿어. 아니 그렇게 믿고 싶다."

청춘은 순수다. 세월이 우리에게 주는 고약한 것 중 하나는 바로 순수를 앗아간다는 것이다. 순수를 잃지 말자. 세월로 인해 청춘이 지나간 후에 어차피 사라질 것이니, 그동안 순수를 마음껏 즐겨보자.

지금 당장 자신의 힘겨움을 이야기해도 받아 줄 사람은?
3초 이상 망설이셨다면 당신은 불쌍한 사람입니다.
하지만 낙관하지는 마세요.
대부분의 사람이 그렇게 살아갑니다.

낸시램

옛 기억이 떠올랐다. 왠지 모르게 서러웠다. 상처를 어루만져 줄 가장 듬직한 누군가에게 받아야 하는 상처. 화가 났다. 나도 모르게 아이의 이마를 짚어보았다. 아이는 분명 열이 있었다. 나는 아이를 보내고 오랜 시간 그림을 감상했다. 그는 나를 졸졸 따라다녔다. 할 이야기가 있음이 분명했다.

"왜 그래?"

"누나 내가 세상에서 가장 억울했던 일이 뭐였는지 알아요?"

뜬금없는 그의 말에 나는 '뭔데?'라고 퉁명스럽게 물었다. 그는 기회다 싶었는지 주절주절 떠들기 시작했다.

"내가 가장 억울했던 순간은요. 초등학교 2학년 때 분명 숙제를 했는데 집에다 놓고 온 적이 있어요. 저는 선생님께 숙제를 했다 말했지만 제 말을 믿지 않으셨죠. 저는 아직도 그 일이 가장 억울해요."

"뭐야? 그 정도야?"

그가 넉살 좋게 웃었다. 그가 내 어깨를 토닥이며 말했다.

"물론 그보다 더 억울했던 상황도 많았죠. 고등학교 때 집안에 있는 개를 팔고 가출했던 적 있었어요. 그런데 어느 날 집에 혼자 있는데 풍산개가 없어졌었어요. 친척들까지 와서는 저를 의심했죠. 엄청 비싸게 주고 산 개였거든요. 그런데 다음날 동네 할머니께서 오시더니 우리 집 개가 산을 돌아다니고 있다고 말을 전하더군요. 천만 다행으로 누명을 벗을 수 있었어요. 또 물건을 훔쳤다는 억울한 일도 당했었죠. 공동으로 사용하는 노트북이었는데 제가 마지막으로 사용했었거든요. 얼마나 억울하던지. 3일 후 범인이 잡혔어요. 3일 동안 잠도 못자고 고생했었어요. 내 말이 무슨 뜻인지 알겠어요?"

"더 억울했던 기억이 있잖아. 그런데 왜 초등학교 때 일이 가장 억울한 건데?"

그의 말은 나에게 용기를 줬다. 내가 쌓아 놓고 있는 억울함에 대한 원망. 씻어 버려야겠다는 다짐을 그는 선물해 주었다.

"아무리 억울한 일도 풀어버리면 아무것도 아니거든요. 답답하고 미칠 것 같은 억울함도 풀어버리면 금세 잊히거든요. 하지만 아무리 사소한 억울함도 풀지 못하면 평생을 가요. 그러니 누나의 마음에 있는 억울함을 빨리 풀어버려요. 그럼 누나에게서 이런 표정은 두 번 다시 나타나지 않을 테니까."

 우리가 하루에 몇 번의 숨을 쉬는지 알고 계세요? 그럼 하루 몇 번의 물을 마실까요? 정말 잊고 있는 고마움이 아닐까요? 공기와 물, 곁에 있는 것들에 우리 감사합시다. 흔하지만 없어서는 안 될 것들, 주위의 모든 사람들도 그러합니다.

소재원

오랜만에 특강을 하게 되었다. 어려운 청소년들을 위한 작은 자리였다. 서울에서 그리 멀지 않은 곳이라 나는 몇몇 지인을 초청했다. 그녀에게도 자리를 빛내 줄 것을 부탁했고 흔쾌히 승낙했다. 대형 강당도 아니고 그렇다고 많은 사람이 모인 자리도 아니었다. 마이크가 없이도 가능한 자리였다. 지인들이 속속 도착했고 가장 구석에 모여 내 강의를 기다렸다. 나는 청소년들이 다 모이자 바로 강의를 시작했다.

나는 청소년들에게 많은 이야기를 진술하게 들려주었다. 내가 항상 강의 때마다 하는 이야기가 있다. 잠시 휴식을 취하려 1시간 강의 후 늘 하는 멘트로 마무리를 하려 했다.

"꿈을 위해 자신에게 가장 소중한 열 가지를 포기할 용기와 결단이 있어야 합니다. 그래야 꿈을 이룰 수 있습니다. 꿈을 위해 여러분은 지금 자신에게 제일이라 생각하는 열 가지를 포기하시기 바랍니다."

'내가 10분 후에 다시 시작하겠습니다.'라고 말하려는 순간 어느 학생이 손을 들었다.

"작가님은 꿈을 위해 열 가지를 포기하셨습니까?"

학생의 질문에 나는 거침없이 대답했다.

"열 가지 이상을 포기했습니다."

"후회는 없으십니까?"

나는 머뭇거렸다. 후회라. 과연 후회가 없었을까? 아니 그 누구보다도 많은 후회를 했다. 내가 당황한 기색을 보이자 앉아 있던 학생들이 웅성거리기 시작했다. 나는 '10분 뒤에 답을 드리지요.'라는 억지로 자리를 빠져나왔다. 건물 뒤편으로 나와 담배를 한 대 태웠다. 그녀가 나를 쫓아왔다.

"왜 대답을 해주지 않았어?"

"후회했으니까요."

"내가 예전에 말했었지? 솔직해지라고."

"후회했다는 말은 차마 못하겠더라고요."

"담배 냄새 싫어. 담배 끄고 이야기하자."

그녀는 나에게 담배를 끌 것을 강요했다. 나는 마지못해 담배를 버렸다. 그녀가 말했다.

"꿈을 이루기 위해 10가지를 포기해도 후회는 있고, 10가지를 선택하고 꿈을 포기해도 분명 후회는 있을 거야. 그런데 재원아. 너는 만약 꿈을 포기하고 10가지를 택했다면 지금보다 더 큰 후회를 하지 않았을까?"

"아마도요. 아마 그랬겠죠. 꿈이 나에게는 전부였으니."

"그럼 후회가 적은 쪽을 선택하는 것이 정답이겠네."

그녀는 내 어깨에 손을 올리고 힘을 전달했다.

"누구나 후회는 하잖아. 하지만 후회가 적은 쪽을 택하면 되는 거 아니야? 꿈을 이루는 길이든 당장 소중한 10가지를 지키고 꿈을 포기하는 길이든 후회가 적은 쪽이면 정답 아닌가? 나는 그랬어. 후회가 적은 쪽을 택했고 지금은 행복해."

내가 멍하니 머리를 정리하고 있는데 그녀는 '먼저 들어가 있을게.'라는 말과 함께 건물 안으로 들어가 버렸다. 정확히 10분을 소비하고 나자 내 머리는 맑아졌다. 나는 들어가자마자 말했다.

"솔직히 후회합니다. 그리고 과거로 돌아간다면 당장 소중한 열 가지를 지키고 꿈을 포기하는 쪽을 택할 수도 있을 것 같습니다. 저는 지금까지 꿈을 이루어야 한다는 강요적인 강의만을 해왔습니다. 그런데 변화가 찾아왔습니다. 여러분! 후회가 적은 쪽을 택하십시오. 꿈을 이뤄서 후회가 적다면 그쪽을 택하고 꿈을 포기하고 열 가지의 소중한 것을 지켜서 후회가 적다면 그것을 택하세요. 어느 쪽이든 분명 후회는 있습니다. 조금 더 적은 후회를 택하는 일이 현명한 선택이라 생각합니다."

내가 지금까지 했던 강의 중 가장 명강의로 기억되는 시간이었다.

 어떤 사람이 말했습니다. "작가님은 왜 그렇게 바보같이 사세요? 자신은 배고파하면서 왜 그렇게 기부를 하세요?" 제가 말했습니다. "저를 바보로 만드는 사람 중 한 분은 바로 당신입니다. 당신이 한 달에 천 원만 기부를 한다면, 저는 이렇게 바보같이 살지 않을 수 있답니다."

그의 강의는 참으로 박력 있었다. 사람들 앞에 서는 것을 싫어하는 사람, 사람들과 섞이는 것을 싫어하는 사람인 그가 사람들 앞에 서서 강의를 한다는 사실이 새삼스럽게 느껴졌다. 그는 진솔했다. 강의 내용은 지루하지 않았고, 자신의 경험을 바탕으로 이어지는 강의들은 충분히 교훈적 의미를 담고 있었다. 살아온 시간에 대한 이야기, 마치 어느 동화를 듣고 있는 기분이었다.

그의 강의 중 가장 기억에 남는 이야기를 하나 꺼내볼까 한다.

그의 강의 내용에서 나의 가슴을 뛰게 만들었던 구절이 있었다.

"끝으로 딱 하나만 명심하시길 바랍니다. 지금까지 이야기는 모두 흘려버리셨더라도 이것만은 기억해 주시기 바랍니다."

그의 마지막 발언은 꽤나 의미심장했다. 모두의 귀가 그의 입으로 향했다. 그가 나지막하게 말했다.

"하루살이라고 아십니까? 하루 동안 살고 죽는 작은 벌레입니다. 그 삶이 불쌍하다고 생각하시는지요? 아니요. 적어도 우리보다는 나은 삶을 살고 있답니다. 그들은 삶이 끝날 때까지 바닥으로 내려오지 않습니다. 쉬지 않고 하늘을 날아다니며 날갯짓을 합니다. 그들이 내려오는 순간은 삶이 끝나는 순간뿐입니다. 그런데 우리는 어떨까요? 수만 배, 수십만 배 더 많은 삶을 살아가면서 그들이 날아오르는 그 시간과 순간만큼 우리도 날아오르고 있을까요? 장담합니다. 지금 우리는 그들이 날갯짓을 하는 시간보다 더 적은 시간을 날아오르고 있습니다. 내일이라는 기대 때문이지요. 여러분, 쉬지 않고 날갯짓을 하시기 바랍니다. 하루살이처럼."

 제 아무리 신궁이라도 쏘아버린 화살이 다시 되돌아오지 않습니다. 우리의 행동도 그러합니다. 여러분, 쉽게 활시위를 놓지 마세요. 한 번 날아간 화살은 절대 다시 돌아오지 않습니다. 그 화살이 향한 누군가는 상처를 입을 수도 있기에. 쏘아버린 후 후회해도 늦습니다.

소재원

    술자리를 찾았다. 친한 누나의 부름을 받고 달려 나간 술자리에는 처음 보는 여자 둘이 함께 자리를 하고 있었다. 다행스럽게도 남자는 나 하나였고 꽃밭에 있는 기분으로 술잔을 기울였다.

    그 자리에서 나는 막내였고 누나들에게 예쁨을 받는 강아지와 같았다. 안주의 선택권은 내 것이 되었다. 특별히 신경 써야 할 부분들도 없었다. 낄낄거리며 누나들이 이야기할 때 웃어주는 일이 전부였다. 한참 분위기가 달아올랐을 때였다. 나를 술자리에 오라고 한 누나는 내일 볼일이 있다면서 먼저 일어나겠다는 말과 함께 자리를 떠났다. 처음 보는 누나 두 명과 자리를 지킨다는 것에 거부감이 있었지만 나이 차이가 불편함의 벽을 허물고 있었다. 한참 취기가 돌고 있는 도중 맏언니가 화장실을 간다며 자리를 비웠다. 나보다 한 살 많았던 누나가 나에게 물었다.

    "누나 기억 안나나?"

    "네?"

"누나네 집에서 재원이 잔 적도 있었는데?"

"제가요?"

나는 기억을 더듬어 보았다. 전혀 생각나지 않는 사람이었다. '죄송한데 기억이 잘 안 나는데요'라고 쥐구멍을 찾듯이 이야기했다. 그녀는 나에게 작년에 있었던 일을 설명했다. 작년 나는 친한 누군가와 술자리를 가졌고 너무 취한 나머지 차안에서 잠이 들었었다. 그때 나와 친분이 있었던 사람의 친구가 우리를 데리러왔고 잠에서 깨어나 보니 생전 처음 보는 집에 내가 누워 있었다. 당황스러운 나머지 주위를 둘러보았다. 보아하니 여자의 방이었다. 내 옷을 보니 누가 건드린 흔적은 없었다. 일어나자마자 거실로 나갔다. 나와 친한 사람은 이미 일어나 해장을 위해 밥을 하고 있었다. 그녀는 그때의 일을 자세하게 말하기 시작했다.

"그때 둘이 얼마나 마셨는지 완전 인사불성이었지. 겨우 끌고 올라가서 내 방에 재웠던 거야. 그런데 술 취한 와중에도 신세져서 미안하다며 차에서 그림을 꺼내서 주더라고. 네가 그린 그림이라면서."

"아! 맞다! 기억나요. 그게 누나였어요? 꽤 미인이었던 걸로 기억하는데."

"지금은 아니라는 거야? 방송 쉬면서 살이 좀 붙었어."

기억은 못했지만 인연이 닿았던 사람이라는 이야기에 우리는 밤새 술을 들이부었다. 나는 술자리가 끝나고 낸시랭 누나에게 전화를 걸었다. 그리고 오늘 있었던 일들을 이야기했다.

"누나 재미있죠?"

"그래서 지금 어디야?"

"집에 들어가는 길이에요."

"느끼는 거 없나?"

"그냥 반가웠어요."

"그냥 그것뿐이야?"

"그럼요?"

그녀는 오랜만에 나를 칭찬하기 시작했다.

"술을 마실수록 예의를 차리는 게 바로 소재원이지. 절대 사람들에게 실수하지 않는 모습. 취하면 취할수록 더 정신 차리고 사람들에게 친절하게 대하는 모습. 그 모습 때문에 그 사람은 너를 아직도 좋게 보는 거라고."

"하하! 그런가요? 하긴 그 누나가 그러더라고요. 제가 오기 전에 다른 사람들이 제 사진을 봤나 봐요. 그 누나가 제 사진을 보더니 꽤 괜찮은 사람이라고 소개했데요. 그땐 기분이 좋았어요."

"그래, 그거야. 사람은 언제 어디에서 다시 만날지 몰라. 더군다나 이제 네가 갈 길이 확실해진 다음에는 그 분야의 사람들을 자주 만나게 되어 있어. 한 분야는 대한민국에서 엄청 좁다고. 좁은 바닥에서는 언젠가는 다시 사람들과 마주치게 돼."

청춘이 주는 가장 이로운 장점은 많은 사람들을 만난다는 것이다. 수 많은 사람을 만나기에 다시 서로가 마주칠 확률은 높다. 여기에서 시간이 조금만 더 흐르면 만나는 사람들은 거의 한정되어 간다. 내가 소설가로 살아가기에 그 분야의 사람들이나 이니면 내 분야와 관계되는 사람들의 만남이 주가 된다. 이 분야는 좁다. 그리고 과거 만났던 사람들 중 분명 한두 명은 나와 비슷한 일을 하게 되고 반드시 만나게 된다. 다시 볼 수 없을 것 같았던 사람들을 다시 만났을 때 상대는 나에 대해서 쉽게 타인들에게 이야기한다. 자신이 알고 있는 그대로를 아무렇지 않게 이야기하는 것이다. 친하지도 않고 그렇다고 모르지도 않은 사람들이 내 이야기를 더 디테일하게 하는 경우가 많다. 그런 사람들에게 우리는 과연 어떤 모습으로 비춰질까?

지난 시간에 잊힌 많은 것들이 있습니다.
다시 찾으려 해도 우리가 이미 버리고 걸어왔기에 어쩔 수 없는 아쉬움들.
아무리 보잘것없는 것들이라도 우리 모두 챙겨서 왔으면 합니다.
당장은 보잘것없는 것들이 나중에는 소중한 무언가가 될 수 있을 테니까요.
모든 걸 다 챙겨오는데 시간이 오래 걸린다고 생각하지 마세요.
조금 지체되더라도 포기하지 않으면 목적지에는 반드시 도착할 테니까.

나는 기억을 더듬어 보았다. 전혀 생각나지 않는 사람이었다. '죄송한데 기억이 잘 안 나는데요.'라고 쥐구멍을 찾듯이 이야기했다.

와 술자리를 가졌었고 너무 취한 나머지 차안에서 잠이 들었었

서 깨어나 보니 생전 처음 보는 집에 내가 누워 있는 거였스

다. 나와 친한 사람은 이미 할머니 해장을 위

"그때 둘이 얼마나 마셨는지 완전 인사불성이었지. 겨우 끌고 올라가서 내 밤에 재웠던 거야. 그런데 술 취한 와중에도 신세져서 미

안하다며 차에서 그림을 꺼내서 주더라고, 네가 그린 그림이라면서."

그의 이야기에 '세상은 참 좁다!'라는 말이 떠올랐다. 기억도 못하는 사람인데 누군가는 기억하고 있다는 것이 새삼 무섭게 느껴졌다.

문득 한 가지 물음이 나를 찾아들었다.

"나는 내가 기억 못하는 누군가에게 어떤 사람으로 기억되었을까?"

나는 그에게 물어보았다. 그는 간단하게 대답했다.

"지금 누나의 모습 그대로 기억하겠죠. 아니면 그때 당시 모습 그대로. 누나는 어떤 사람이었는데요? 누군가에게 물어보기 전에 누나 스스로가 어떤 사람이었는지를 물어보면 답은 금방 나오잖아요."

"…"

내가 이해하지 못하자 그는 친절하게 예시를 들어 설명했다.

"내가 26살 때는 굉장히 오만한 사람이었어요. 작품들이 꽤 잘됐거든요. 29살 때는 기가 죽어서 살아갔죠. 작품이 잘 안 됐었거든요. 28살 때는 겸손을 배웠어요. 그때 만난 사람들은 모두가 나를 좋아해요. 지금은 술주정뱅이로 기억하겠죠? 대신 술을 아무리 먹어도 실수하지 않는 사람으로 나를 기억하고 있겠죠?"

그와의 통화가 끝난 후 나는 표를 하나 만들어 보았다. 20대 초반부터 지금까지 해마다 연도를 나누어 나는 그때 당시 어떤 사람이었는지를 평가해 보았다.

지금 당장 우리 살아온 날들에 대해 표를 만들어보자. 자기 스스로 평가할 수 있는 표를 만들고 어떻게 살아왔는지 점수를 줘보자.

냉정한 평가를 한 뒤 가장 최악의 점수를 받았던 해에 만났던 사람들을 온라인이나, 무슨 수를 써서라도 찾아서 사과의 말을 전달해 보자.

시간이 흐르면 용서는 후덕해진다. 언제 어떻게 만날지 모르는 사람들이다. 우리 미리미리 면죄부를 받아 놓도록 하자.

 돌이켜보면 즐거운 일들이 많이 있었습니다.

그런데 왜 그 시절 나는 웃지 않았을까요?

지금도 나는 왜 웃지 않고 있을까요?

지금이 지나 현재가 과거가 되면 그때 웃을 일이 많았는데 '왜 웃지 않았지?'라고 후회만 하고 있을 건가요?

Sleeping Queen

part
02

서로를 알기 전의 타인이
선물해준 청춘이 준 교훈

서로의 부러움

소재원

사인회에 갔었던 어느 날이었다. 고향에서 있었던 사인회였다. 사람들이 북적이는 모습에 기쁨이 넘쳐났다. 가득 쌓인 작품들은 어느새 조금씩 독자들의 손에 의해 줄어들고 있었다. 기쁜 마음으로 열심히 사인을 해주고 있는데 어느 중년의 신사께서 나에게 다가왔다. 내 작품의 독자들은 대부분 20대 초반에서 30대 후반까지다. 그 이후의 연령대는 거의 찾아보기가 힘들다. 희끗한 머리를 보자니 우리 아버지보다 연세가 더 많으신 것 같았다. 중년의 신사는 나에게 책을 내밀며 말했다.

"사인하나 해주겠나? 자네를 좋아한다네."

나는 웃으며 책을 건네받았다. 좋은 글귀를 써드려야 하는데 왠지 모르게 생각이 잘 나지 않았다. 그때 중년의 신사가 말했다.

"나도 소실 적에는 작가가 꿈이었네. 그런데 일찍 결혼을 하는 바람에 가정을 함께 이끌어가야 했지. 많이 돌아왔지만 이제 내 수기를 모은 글을 책으로 내보려 한다네. 일찍 작가로 자리 잡은 자네를 보자니 부럽기

105

도 하고 존경스럽기도 하네."

중년의 신사의 말에 나는 그제야 써드릴 글귀를 생각해 낼 수 있었다.

"어르신. 저는 어르신의 삶이 더 존경스럽습니다. 조금 멀리 돌아오긴 했지만 모든 것을 함께 챙겨서 이끌어오신 어르신의 삶이 존경스럽습니다. 저는 모든 걸 버리고 여기까지 왔습니다. 다시 돌아간다면 저도 어르신과 같이 조금 돌아오더라도 모든 걸 챙겨서 이 자리까지 오고 싶습니다."

 사진을 찍다보니 문득 서글퍼졌습니다. 나도 찍히는 걸 좋아하는데…. 문득 사진 안에 있는 이들보다 그 사진을 찍고 있는 사람은 누구인지가 궁금해졌습니다. 언제나 카메라 뒤에서 셔터를 누르는 사람. 보이지는 않지만 아주 소중한 존재에 대한….

누군가가 나에게 물어 왔었다. 나의 안티 팬이었다. 그러나 꽤나 논리적인 이야기를 나열하는 사람이었다. 그는 나를 애초부터 비난하려 하는 사람이었기에 오히려 편안한 마음으로 그를 상대할 수 있었다.

"당신이 나선다고 해서 바뀔 대한민국이었으면 진작 바뀌었을 겁니다."

나는 그에게 말했다.

"바뀌지 않겠지요. 그런데 이런 건 어때요? 그냥 믿는 거예요. 아무런 생각 없이, 의심 없이 그냥 믿는 거예요. 이렇게 믿다 보면 나와 같이 믿는 사람들이 점점 많아질 거예요. **이루려 하지 않아요. 단지 나와 같은 사람들이 번성하면 그 후대는 꼭 이룰 수 있다 믿을 뿐입니다.**

늙은 지식인들이 우리에게 남겨준 것은 무엇일까요? 우리를 여기까지 오게 해준 사람들이 과연 그들일까요? 아닙니다. 소리 없이 피를 흘리며 투쟁한, 무식하고 이름 없는 자들입니다. 무식하면 용감합니다. 허나 지식의 범람이 난무하는 우리 시대에는 용감한 자들이 존재하지 않습니다.

나약함의 타파

소재원

취업난에 시달리는 시대다. 독자와의 만남을 가게 되면 대부분 젊은층이 주를 이룬다. 그들은 나보다 더 많이 배웠고 지식적인 면에서 월등하다. 하지만 그들은 지혜라는 샘이 말라버린 이들이 대부분이었다.

그들은 소설과 시, 에세이보다는 자기개발 서적과 주식투자, 부자 되는 법과 같은 책을 많이 읽는다. 그들은 알고 있을까? 자기개발 서적을 출판하고 주식투자나 부자 되는 법과 같은 책을 출판하는 출판사 직원이 자기개발을 해서 큰 인물이 되었거나 주식을 투자해서 부자가 되었다는 소리를 나는 들어본 적이 없다.

한 달에 한 번 있는 독자와의 만남 행사현장을 찾았다. 사람들은 나에게 수많은 조언을 듣고 싶어 했다. 누군가가 물었다. 20대 젊은 여성이었다.

"작가님, 요즘 정말 힘들어요. 꿈이 너무 멀리 있는 것 같습니다. 하고 싶은 일이 있지만, 여건이 되지 않습니다."

내가 말했다.

"저는 소설가입니다. 하지만 저는 시각장애인입니다. 여러분, 저는 시각장애 5급1호의 장애인입니다. 하지만 소설가로 살아갑니다."

 시골에 위치한 집필실에서는 글을 쓰거나 음악을 듣거나 둘 중 하나의 선택만이 존재합니다. 이렇게 생활하니 정말 마음이 편안해졌습니다. 선택할 수 있는 것이 적다는 것. 저는 불행할 줄 알았습니다. 그런데 좋습니다. 복잡하지도 않고 둘 중 하나만을 선택하는 한정된 삶에 평온함을 느낍니다.

어쩌면 우리, 너무 많은 선택 속에 오히려 불행하지는 않을까요?

사람들의 관심을 받는다는 것에 힘들었던 적이 있었다. 다른 누군가도 그럴 것이다. 누군가의 관심과 간섭에 대해서 화도 나고 짜증도 날 것이다. 사춘기 시절 부모님의 관심에 대한 반항과 같은 것. 대중을 상대하는 이들에게는 여전히 남아 있는 숙제이다.

마음이 무거웠었다. 갑갑했던 적도 있었고 벗어나고 싶었던 적도 있었다. 나를 알지 못하는 누군가가 나에 대해 이야기하는 것 자체의 모순에 대해 대항하고 싶었던 적도 있었다.

조금씩 욕구적 불만과 부조리한 오류에 지쳐가던 중 하나의 단어가 나를 해방시켰다.

바로 '그럴 수도 있지.'라는 단어.

나는 이 단어를 매사에 생각하고 기억한다. 다만 이 단어는 타인에게만 존재하고 나에게는 결코 용납될 수 없는 단어로 인지한다.

'그럴 수도 있지.'가 내 머리와 가슴에 문신처럼 새겨진 이후로는 편안해졌다.

 갈 길이 멀다고 힘들어하기보다 아직도 갈 길이 많이 남아 있기에 다른 많은 것을 볼 수 있음에 언제나 감사하길….

Bikini Party

욕심

소재원

이번 작품을 집필할 때였다. 작가에게 새로운 작품이라는 중압감은 그 어떤 정신적 고통보다 괴롭다. 아마도 사랑하는 누군가가 세상을 떠나는 부담과 비슷할 것이다. 나는 에세이 한 작품, 소설 다섯 작품을 독자에게 선보였다. 새로운 소설 〈터널〉은 지난 여섯 작품보다 더 월등해야만 사람들의 기억에 남을 수 있었다. 독자의 사랑이 커질수록 작품에 대한 완성도는 완벽에 가까워져야 한다. 하루 두 시간의 수면으로 하루하루 집필에 몰두했다. 중압감을 견뎌내지 못할 때는 두 시간의 수면마저도 반납했다. 그러던 중 어느 작가의 소설을 읽게 되었다. 집필 기간이더라도 하루 두 시간은 독서를 게을리 하지 않는다는 철칙이 나에게는 존재했다. 소설을 읽어 내려가는 순간, 나는 두 시간 이상을 허비하고 말았다. 재미있고 사실적이면서도 감성이 충만한 소설, 이름이 알려진 작가는 아니었지만 결코 기성 작가나 다른 베스트셀러 작가들보다도 월등한 문장과 플롯을 자랑하고 있었다. 마지막 책장을 넘길 때까지 나는 쉬지 않고 읽었다. 책을 덮는 순간 나는 알 수 없는 질투에 그 작품을 집어 던져 버렸다. 오늘은 아무리 노력해도 글이 써질 것 같지 않았다. 나는 옷을 대충 챙겨 입고 밖으로 향했다. 대포집에 가서 얼큰하게 마셔봐야겠다는 작심을 하고 나온 나는 초저녁부터 막걸리를 들이붓기 시작했다.

사람들의 퇴근 시간이 다가오고 몇몇 무리들이 나를 이상하게 쳐다볼 정도로 가게는 북적이기 시작했다. 아랑곳하지 않고 술이 사람을 마실 지경까지 도달했을 때 한 통의 전화가 걸려왔다. 내가 후원하고 있는 어린 학생이었다.

"어이! 우리 아우가 웬일이야?"

"오빠 술 마셨어?"

"조금. 누군가에게 심하게 질투를 느낀 날이었어. 화가 나서 한 잔했지."

그녀는 어리지만 나와는 친구 같은 존재였다. 성숙함으로 따지자면 나보다 10살은 위라 생각해도 무방할 정도였다. 나는 그녀에게 '너는 공부해서 대학 가지 말고 작가로 데뷔해. 너 같은 성숙미라면 분명 대박 작품을 쓸 수 있을 거야'라고 입이 닳도록 이야기했다.

나는 그녀에게 오늘 한 권의 소설을 읽었고 그 소설이 너무 좋아서 화가 난다 했다. 질투가 하늘을 찌르고 그 소설가가 절필을 선언하면 좋겠다 말했다.

그녀가 나에게 핀잔을 주며 말했다.

"오빠, 사람들은 각자 가슴에 상자를 가지고 있어. 그 상자 안에는 자신의 모든 것이 담겨 있지. 그런데 사람들은 자꾸만 다른 사람의 상자와 자신의 상자를 비교해. 그 안에 들어 있는 것이 무엇인지도 모르면서 나보다 더 큰 상자를 가진 사람들을 부러워하고 질투하지. 그런데 정작 자신의 상자를 열 수 있는 열쇠도 없는 주제에 그렇게 부러워하고 질투만 하는 거야. 오빠! 상자가 작다고 부러워할 필요 없어. 아무리 큰 상자를 가지고 있더라도 그 상자를 열어볼 열쇠를 가진 자는 세상에 별로 존재하지 않거든."

 가난하든, 부자이든, 잘생겼든, 못생겼든 봉사를 하는 이들 모두에게는 웃음과 열정, 행복이 공존합니다. 자신을 불행하다 생각하는 이들은 찾아 볼 수 없습니다. 방관 속에 피어나는 것은 짙은 어둠이지만, 남들 도움으로 피어나는 것은 행복의 공유입니다.

낸시램

나도 어려운 시절이 있었다. 사람들이 말하는 풍족한 생활만으로 지금까지 살아오지는 않았다. 돈에 대한 욕심에 두 눈이 멀었던 적도 있었다. 내 인생에서 아주 잠시뿐이지만 돈의 탐욕에 눈이 멀어 괴로운 하루하루를 살았던 적이 분명 나에게도 있었다. 누군가는 지금 그럴 것이고 앞으로 그럴 것이며 나와 같이 이미 그 단계를 넘어섰을 것이다. 이 단계는 누구나 지나가는 과정이기에. 하지만 이 과정을 넘어서게 되면 아무 것도 아닌 게 된다. 지금 이 글을 읽음으로 현재 겪고 있거나 앞으로 겪게 될 돈과의 힘겨운 싸움에서 꼭 승리하고 빨리 벗어났으면 한다.

이름을 밝힐 수 없는 한 분이 내가 시간적 여유가 없이 살아가자 물었다.

"왜 그렇게 쫓기는 듯이 살아가? 여유를 가져봐."

"그런 여유 부릴 시간이 없어요."

"돈 때문인가?"

"…"

그는 내가 말을 못하자 어깨를 다독이며 말했다.

"돈이라는 모양은 같지만 제각각 다른 세상을 살아가고 있지. 돈은 사람 향기가 나는 돈을 벌어야 돼. 돈이 많으면 사람들이 부러워하겠지. 하지만 결코 사랑을 받을 수는 없어. 사랑을 받으려면 사람 향기가 나는 돈을 벌어야 가능해. 돈만 많으면 뭘 할 건가? 욕심과 허영, 더러움으로 가득한 돈이라면 이미 가치를 잃어버렸을 텐데 말이야."

"…"

별 감흥이 없어 나는 질문도 대답도 하지 않았다. 그런 나에게 그가 물었다.

"돈을 많이 벌 수 있는 방법을 알려줄까?"

나는 강하게 고개를 끄덕였다.

"누구나 돈을 벌지. 못 버는 사람은 하나도 없어. 단지 액수가 차이가 날 뿐이야. 벌어들인 돈을 안 쓰면 돈을 많이 벌 수가 있네. 간단하지? 돈을 버는 일은 아주 쉬워. 다만 쓰지 않는 일이 어려운 거지."

 돈은 살아가면서 평생을 벌 수 있는 것입니다. 하지만 사랑하는 누군가와의 시간은 돈을 벌 수 있는 나날보다 많지가 않습니다. 사랑합시다. 정말 후회 없이 사랑합시다.

당신에게 불행함이란?

소재원

불행은 늘 우리를 따라다닌다. 하지만 행복도 늘 따라다닌다. 곁에 있는 무언가가 당연하다고 생각될 때 우리는 그것들을 인지하지 못한다. 당연하기 때문이다. 행복이 없고 불행만 있다고 생각하는 경우는 행복은 당연하고 불행은 당연하다고 생각하지 않기 때문인 것이다. '당연하다'는 단어를 머리에서 지워버리자. 당연한 건 세상에 없다. 그렇다면 불행과 같이 행복도 매일매일 느낄 수 있을 것이다.

세상에 '당연하지'라는 단어는 존재하지 않는다!

나는 늘 이렇게 생각하고 살아간다.

누군가의 도움은 당연하지 않다. 그렇기에 감사하다.

내 작품이 많은 독자의 사랑을 받는 건 당연하지 않다. 그렇기에 감사하다. 내가 키가 큰 것은 당연하지 않다. 그렇기에 부모님께 감사하다.

모든 것에 당연함이라는 단어를 빼고 나니 감사와 행복만이 존재하게 됐다.

사랑의 열매에서 진행한 〈이달의 사람〉이라는 인터뷰에서 기자가 질문했습니다. "어려운 이웃에게 희망이 될 만한 말씀 하나만 해주세요." 제가 말했습니다. "'당연하다'는 단어를 머릿속에서 지우세요. 그럼 희망이 생깁니다. 도움도, 가난도 당연하다 생각하지 마십시오."

낸시랩

많은 사람들은 감성의 부족으로 불행해 한다. 그런 와중에도 감성의 충족보다는 자신을 포장하는 지식에 열을 올리고 있다. 결코 지식으로 해소할 수 없는 갈증은 존재한다. 아무리 채워 넣어도 채워지지 않는 가슴. 옷 방이 따로 있고 침실이 따로 있는 이유와 비슷하다고 볼 수 있다. 지식의 방이 있다면 지혜의 방과 감성의 방 역시 따로 존재한다. 지식의 방을 채워 넣어도 감성의 방은 텅텅 비어 있으니 채워지지 않는 것이다.

여러 사람이 모인 가운데 내가 말했다.

"지금 중학교 수학이나 고등학교 수학을 모두 기억하는 사람이 있습니까? 손들어 보세요."

10명 가운데 3명만이 손을 들었다.

"그럼 인어공주 이야기나 혹부리 영감 이야기를 아는 사람, 손들어 보세요."

모든 사람이 손을 들었다.

"지식도 기억이고, 옛 이야기들 역시 기억입니다. 우리에게 가장 필요했

던 수학은 기억에서 지워졌는데, 왜 우리는 아무 쓸모없는 옛이야기는 잊지 않고 있는 것일까요? 우리의 기억이 무엇을 원하는지 한 번 돌아보시길 바랍니다. 지식은 이미 가득 차 있습니다. 그럼 우리는 무엇을 채워야 할까요?"

 당신의 불행은 어디에서 찾아오는지요? 불행의 원천을 찾아보세요. 불행의 시작점을 돌아보면 아무것도 없습니다. 살아가면서 만들어진 열등감의 덩어리가 바로 불행입니다.

후회

소재원

내가 봉사활동을 하는 지역에서 한 어르신의 댁을 방문했다. 간단한 도시락 서비스이지만 누군가에게는 아주 절실한 도움이다.

어르신은 몸이 많이 쇠약해져 있었다. 내가 왔는데도 거동이 불편한 어르신은 자리에서 겨우 일어나 나를 맞이하셨다.

"늙으면 죽어야지. 삭신이 다 쑤시네 그려."

"무슨 말씀을 그렇게 하세요. 죽는 게 얼마나 두려운 건데요."

어르신이 힘없는 웃음을 보이셨다.

"걱정 마. 나 같은 사람들이 더 열심히 병원에 다니니까. '늙으면 죽어야지'라고 말하는 건 다 거짓말이야. 그런 늙으신네일수록 더 살고 싶어 하거든."

"할아버지도 그래요?"

"그럼, 왜 그런 줄 알아?"

나는 고개를 갸웃거렸다.

"나이를 먹을수록 악착같이 더 살고 싶어지더라고. 왜일까 가만히 앉아서 생각해 봤는데, 후회가 많고 미련이 남아서 그런 거 같더라. 난 아무것도 해놓은 게 없거든. 그럴수록 더 살고 싶어지더라."

 우리가 살아온 인생이 얼마나 됩니까? 이 글을 읽는 분들의 인생은 얼마나 지나왔습니까? 여기에서 묻고 싶습니다. 당장 죽어도 후회하지 않을 자신이 있습니까? 아마도 그런 삶은 없을 겁니다. 하지만 우리는 후회가 많지 않은 삶을 살도록 노력해야 합니다.

인간이기에, 딱 한 번 사는 인생이기에, 예행연습이 없는 우리기에 분명 후회는 동반하겠지요. 그래도 우리 편안하게 눈을 감을 수 있는 인생을 위한 달리기를 멈추지 말았으면 합니다. 죽으면 평생을 쉴 수 있는데 왜 우리는 아주 짧은 100m 달리기인 인생에서조차 쉬려고만 하는지 한 번쯤 돌아봤으면 합니다.

사람은 살아가면서 몇 번의 후회를 하고 살아갈까? 후회로 낭비한 시간을 나열해 보면 얼마나 많은 시간이 쓸데없이 낭비됐을까?

좌절할 시간에 계획하고 고민할 시간에 결정하는 인생이 그리 어려운 것일까? 습관에서 비롯된 것은 아닐까? 부모님들을 보며 여러 다른 사람들의 인생을 보며 나도 모르게 좌절하고 고민하게 되는 것은 아닐까?

33살인 지금, 나는 27살 때부터 나에게 작은 변화를 선물했다. '좌절할 시간에 일어서 보자. 고민할 시간에 결정하고 판단해 보자'라는 아주 작은 변화.

처음에는 쉽지 않았다. 27년을 그렇게 살아왔던 나에게 습관이란 무서운 것이었다. 1년이 지나고 2년이 지나고 3년이 지나는 30살이 되었을 무렵, 작은 습관이 고쳐짐으로 엄청난 인생의 파장이 일어났다.

시간을 후회로 살지 않게 되었다. 갈등이라는 요소를 당당하게 마주할 수 있는 행동이 나를 따라왔다.

우리 하나의 작은 습관을 들여 보자.

'좌절하지 말고 난관을 극복할 계획을 세우자. 고민하지 말고 과감하게 결단하자.'

 지금 당신에게 가장 중요한 것은 무엇입니까?

20대 초반이라면 학점 따위가 될 테고, 20대 중반에서 후반까지는 취업이 되겠지요. 30대라면 남들과 자신을 비교하며 초라해지는 자격지심일 것입니다. 그런데 지금 당신에게 가장 중요한 건 계획과 실행입니다. 걱정 따위가 아닙니다. 계획하고 실행하십시오. 그런 싸구려 걱정에 고민할 시간이 있다면….

돈의 활용

소재원

아리따운 여성이 나를 찾아왔다. 가평의 조용한 집필실에서 한창 작품을 탈고하던 무더운 여름날이었다. 에어컨이 없는 한옥에서 늘어지게 낮잠을 청하는 도중 찾아온 불청객이었다. 그녀는 나에게 시원한 음료수를 권했다. 나를 찾아오는 경우는 딱 한 가지 부류의 사람들이다. 바로 고민이나 미래에 대한 두려움 때문이다.

나는 잠에서 덜 깬 상태로 걸걸한 목소리를 냈다.

"어떤 힘겨움이 있는 겁니까?"

그녀는 직선적인 내 말에 약간은 당황하면서도 이야기보따리를 풀어냈다.

"돈을 어떻게 활용해야 하는지 모르겠어요."

그녀의 말에 나는 그녀가 무안해 할 정도로 그녀의 모습을 아래위로 훑어보았다.

"아마도 당신을 아는 사람들은 당신이 무엇을 하고 있고 어느 정도의 수입을 가지고 있는지 알고 있을 겁니다. 그렇죠?"

"네."

"당신은 무슨 일을 하고 있지요?"

"디자인을 전공해서 디자인 회사에 다녀요."

"대략 170만 원 정도의 돈을 벌겠군요."

"200만원 받아요."

그녀는 자신의 월급을 작게 말한 나에게 굉장히 기분이 상한 듯했다. 나는 그녀에게 말했다.

"200만원을 벌면서 지금 입고 있는 옷이며 액세서리를 사는 데 많은 투자를 했군요. 이런 생활 상태라면 저축은 힘들겠죠? 아마도 당신 주위의 사람들은 당신의 모습에 부러워하기보다는 당신의 생활수준을 알기에 한심하다 생각할 겁니다. 거창하게 포장해봤자, 좋은 와인에 음식을 먹어봤자, 당신의 생활수준을 알고는 웃고 말 거예요."

그녀의 얼굴이 붉어졌다.

"내가 제안하는 삶을 살아보시겠습니까?"

그녀가 의지에 차올라 강하게 고개를 끄덕였다.

"당신의 수익에 50%는 저금을 하세요. 그리고 30%는 자기개발에 투자하시고 10%는 남을 도와주세요. 나머지 10%만으로 유흥에 투자하는 겁니다. 지금은 소주 한 잔에 안주 하나를 먹는 것에 만족해야 하는 하루가 될 겁니다. 그렇지만 당신이 나중에 더 높은 자리에 올라간다면 10%의 유흥비로 고급와인을 먹을 수 있게 될 테지요. 그렇게 될 때까지 쉬지 마세요."

우리가 살아가면서 얼마나 많은 것들을 낭비하는지 아십니까?

내가 가장 한심하다 생각하는 말이 무엇인지 아십니까?

"내 배는 수천만 원 술값을 삼켜 버렸어."

"술만 끊었어도 집 한 채 샀겠다."

"차라리 이렇게 쓸 돈으로 저금을 할 걸."

여러분 돈을 어디에 쓰려 궁리하지 말고 돈을 벌게 되면 무조건 은행으로 달려가세요. 무엇을 사고 싶을 땐 하루만 참아보시길 바랍니다.

낸시램

나는 아트로 돈을 벌기도 하지만 방송이나 여러 행사를 통해 수익이 창출되기도 한다. 하루하루를 프리랜서로 활동하며 돈을 버는 것이다. 나는 돈을 재산으로 생각하기보다는 나 자신을 재산이라 생각하고 살아간다. 스스로가 기업이 되고 공장이 되는 것이다. 내 가치를 높일수록 수입은 많아진다.

어느 누구라도 똑같다. 돈을 벌기 위해 공격적인 펀드에 가입을 하기보다는 그 돈을 자기 개발에 투자를 해보는 것은 어떨까?

돈이 돈을 번다고 생각하는 어리석은 자들이 있다. 주식이나 펀드는 돈이 돈을 낳는 것이 절대 아니다. 사람이 투자하고 사람이 수익을 거두는 것이다. 자! 여기까지는 가장 밑바닥의 돈을 버는 방법이다. 스스로의 몸값을 올려 수익을 창출하는 일이야말로 가장 이상적인 방법이다.

돈이 사람을 부린다고 생각하는 사람은 결코 돈을 벌 수 없다. 사람이 돈을 부리고 그 돈으로 어리석은 사람들을 부리는 것이다. 돈을 쫓아 다가온 사람들은 노예가 된다. 그럼 과연 수익은 누가 가져갈까? 돈을 부려 사람을 산 사람의 수익은 늘어나고, 돈을 쫓아온 자들은 언제나 제자리걸음이다.

 럭비공은 어디로 튈지 모릅니다. 그래도 미식축구를 보면 사람들은 공을 죽어라 쫓아갑니다. 결국에 공은 누군가의 손에 쥐어집니다. 목표가 어디로 튈지 모른다고 주저앉지 맙시다. 끝까지 쫓아가면 손에 쥐어지는 것이 바로 꿈입니다.

누군가를 만날 때의 지혜

소재원

1. 약속시간에 늦는 사람은 만나지 맙시다.

약속을 가볍게 여기는 사람은 책임의식도 작습니다. 저는 약속에 개념이 없던 사람이었습니다. 약속을 어기는 버릇은 생활 습관에서도 나타나게 됩니다. 약속을 지키는 습관을 기른 뒤부터 저는 생활에 규칙을 정하게 되었습니다.

2. 늦은 귀가가 일 때문이라 핑계 대는 사람을 만나지 맙시다.

시간 관리가 부족한 사람입니다. 자신의 일을 효율적으로 나눠서 하거나 계획을 세운다면 결코 퇴근시간 이후에 일하는 불행은 발생하지 않습니다.

3. 휴일에 집 밖에 나가지 않는 사람을 만나지 맙시다.

황금 같은 시간입니다. 집안에서 낮잠을 늘어지게 자는 사람을 만나지 맙시다. 낮잠에 중독된 사람은 게으릅니다. 휴일은 잠을 늘어지게 잘 수 있는 시간이 아닌 자기 자신의 개발에 열중할 수 있는 소중한 시간입니다.

4. 피곤하다는 말을 하는 사람을 만나지 맙시다.

피곤하다는 말이 입에 붙은 사람은 매사에 짜증을 동반하고 있는 사람입니다.

5. '왜 그걸 하려고 하는데?'라는 말로 상대를 걱정하는 사람을 만나지 맙시다.

'왜 그걸 하려고 하는데?'가 아닌 '그래 그것도 좋은 길이 될 수도 있어'라고 말하는 사람을 만납시다. 긍정으로 조언을 해주는 것과 부정으로 조언을 하는 이의 인생은 확실히 다릅니다.

6. 평일 저녁시간을 술자리나 유흥으로 보내는 사람을 만나지 맙시다.

평일의 저녁시간은 유일하게 나에게 허락되는 소중한 5시간입니다. 5시간의 활용을 어떻게 하느냐에 따라서 미래가 결정됩니다.

7. 복잡한 시간대에 차를 가지고 다니는 사람을 만나지 맙시다.

소중한 시간을 허비하는 사람입니다. 지하철에서 책볼 수 있는 시간을 아깝지 않다 생각하는 사람입니다. '15분 정도 일찍 나오면 되지'라는 생각으로 돈을 주고도 못 사는 시간을 쓰레기통에 버리는 사람입니다.

8. 점심시간에 짧은 볼일을 보려는 사람을 만나지 맙시다.

점심시간은 휴식을 가질 수 있는 아주 짧은 시간이자 오후의 능률을 높이는 시간입니다. 그 시간을 이용해 다른 볼일을 보려는 사람들은 오전 근무를 잡다한 생각으로 보내는 경우가 많습니다. 그런 사람은 결코 높은 자리에 가지 못합니다.

9. 불만이 많은 사람을 만나지 맙시다.

불만이 높으면 높을수록 열정은 반비례합니다.

10. '오늘 뭐하지?'라는 말을 자주 사용하는 사람을 만나지 맙시다.

오늘의 일도 정해 놓지 못하는 사람은 계획 자체가 없는 사람입니다.

10. 이 중 하나라도 당신과 비슷한 점이 있다면 당장 스스로를 개조합시다.

지금까지 나열한 여러 가지 행동들 중 당신이 포함되어 있다면 과감한 개

조를 실행합시다. 그렇지 않으면 당신이 상상하는 미래는 일장춘몽의 미래가
될 것입니다.

 넓은 창공이 그립나요? 그렇다면 하늘을 나는 방법을 배워야지요. 매일 그리워만 하실 겁니까?
아니면 직접 느끼시겠습니까?

낸시램

1. 끝까지 당신의 이야기를 들어주는 사람을 만나세요.

당신의 이야기를 들어주는 사람은 그만큼 당신을 아끼는 사람입니다. '근
데, 그런데'라는 말로 당신의 의견을 다 듣지도 않고 반문하는 사람은 고집만
가득한 사람입니다.

2. 이야기를 할 때 적절한 예를 사용하는 사람을 만나세요.

예시가 없는 이야기를 주장하는 사람은 무조건적인 수용을 강요하는 사람
입니다. 자신의 입장과 다른 편에 서는 사람을 설득하는 과정에 예시를 빼먹
는 사람은 굉장히 오만한 사람입니다.

3. 직장 상사의 단점과 장점을 동시에 이야기하는 사람을 만나세요.

단점만을 보는 사람은 나에게도 분명 그러할 것입니다. 장점과 단점을 동시
에 볼 수 있는 눈은 그 사람을 완벽하게 믿습니다.

4. 시간의 여유를 즐길 수 있는 사람을 만나세요.

매번 전화를 하면 바쁘다며 급하게 통화하는 사람은 시간에 쫓기는 사람입니다. 사람들은 그런 사람들이 자신의 일에 매진한다 생각하지만 정작 프로들은 시간을 여유롭게 사용합니다.

5. 에세이나 감성을 다룬 책을 읽는 사람을 만나세요.

주식투자와 같은 서적을 읽는 사람은 아둔한 사람입니다. 이미 뿌려진 지식들은 이미 자신의 것이 아닙니다. 자기개발 서적을 보는 사람은 여태 자기 자신의 시간표나 목적도 없이 살아온 못난 사람입니다. 여유로운 자들은 다른 사람의 삶을 들여다 볼 수 있는 에세이나 여러 소설들을 많이 봅니다. 자기만족도도 이러한 사람들이 훨씬 높습니다.

5. 칭찬에 후한 사람을 만나세요.

칭찬 한 마디가 주는 힘은 엄청납니다. 대신 과한 칭찬이나 아첨을 분명하게 구분합시다.

6. 결단력 있는 사람을 만나세요.

'어떻게 하지?'라고 누군가에게 자꾸 질문을 하는 사람은 성공할 수 없습니다. 자신의 일을 남에게 의지하는 사람은 실패로 직결됩니다.

7. 취미를 가지고 있는 사람을 만나세요.

취미생활도 없이 사는 사람은 재미가 없습니다. 돈을 벌기 위해 일을 하기보다는 즐기는 생을 위해 일을 하는 사람을 만납시다.

8. 10년 뒤의 생활을 상상하는 사람을 만나세요.

10년 뒤에 자신이 어떻게 살고 있을 것인가를 물었을 때 단번에 대답할 수 있는 사람을 만납시다. 꿈은 이루어집니다. 꿈도 없는 자는 10년 뒤에도 똑같은 삶을 살아갈 가능성이 높습니다.

9. 일기 쓰는 사람을 만나세요.

하루에 대한 반성의 기록을 적는 사람을 만납시다. 그 사람은 같은 일로 실수하지 않습니다.

10. 자신의 부족한 점을 알고 있는 사람을 만나세요.

내가 무엇이 부족한지 인지하고 고쳐나가는 사람을 만납시다. 사람들에게 충고보다는 자신의 부족함을 자문하는 사람이야말로 미래가 보장된 사람입니다.

11. 이런 사람을 만나려 하지 말고 스스로가 이런 사람이 되세요.

이런 사람들과 친해지려 하지 말고 자신을 바꿉시다. 그럼 자연스럽게 위에서 언급한 사람들과 같은 부류를 만나게 될 것입니다.

바다에는 밀물과 썰물이 있지요. 우리에게도 밀물과 썰물이 있을까요?
기회를 기다리고 있지는 않은지요?
밀물 시기가 다가오길 기다리며 배를 세워놓고 있습니까?
기회는 늘 우리 곁에 존재합니다.
기다림으로 어영부영 세월을 허비하기에는 너무 아까운 하루입니다.
여러분, 저 같으면 썰물 때라 하더라도 배를 이끌고 바다로 걸어가겠습니다.

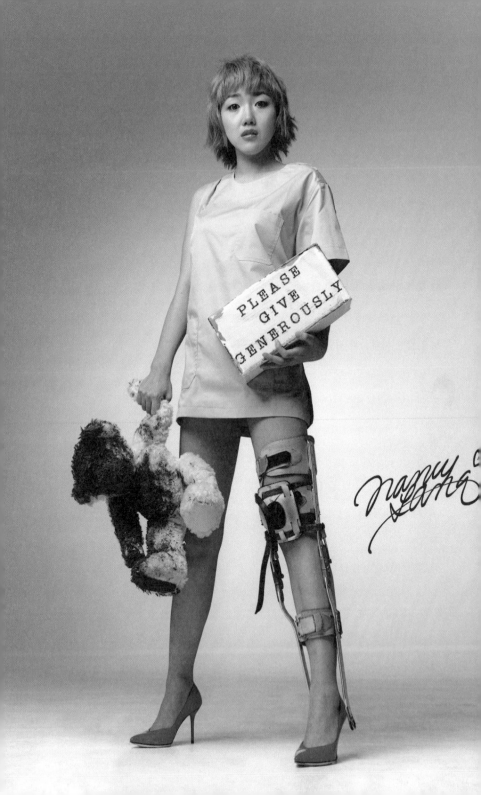

각자의 삶

소재원

낸시랭 누나가 30대를 이야기한다면, 나는 20대를 이야기하고 싶다. 시작하는 청춘과 나와 같이 20대를 마무리하는 사람들에게 있어서 내 짧은 세월을 공감하고 느끼고 싶어서이다. 모든 사람의 인생은 예술이다. 태어날 때 우리는 백지로 된 한 권의 책을 선물 받았고 자신의 인생을 기록하게 되는 것이다. 우리가 한 권의 책을 완성할 때 사람들은 한 장 한 장 지난 타인의 삶을 읽어보게 되겠지. 여기에서 중요한 건 타인들에게 얼마나 많은 교훈을 남겨줄 수 있는 작품을 써내려갔느냐가 아닐까? 죽음으로 탈고를 마치는 원고, 바로 우리의 인생. 각자의 인생이 베스트셀러로 기록되느냐 기록되지 않느냐는 중요하지 않다. 단지 부끄러움이 없이 당당하게 완성된 책을 누군가에게 보일 수 있느냐의 문제만이 존재한다.

나는 20대를 정리해야 하는 나이가 되었다. 지금 써내려가는 단원은 다행스럽게도 인생의 초반부이다. 더 다행스러운 일은 아직까지 누군가에게 부끄럽지 않은 인생을 살아왔다는 것이다. 당당하게 내 과거를 이야기할 수 있는 지금이 행복하다.

청춘이란 대단한 선물이다. 20대의 특권이자 신이 주신 축복이 바로 청춘이다. 우리는 과연 고귀한 인생의 가장 아름다운 시기를 어떻게 살아가고 있을까?

나는 현재 29살이다. 글을 쓰는 도중에도 1년도 남지 않은 20대의 시간은 쉬지도 않고 흘러가고 있다. 소설가라는 수식을 얻기 위해 사투를 계속하며 20대를 보냈다. 덕분에 사람들은 내 이름을 부르지 않고 '소 작가'라고 칭한다. 20대 초반을 생각하자면 어느 누구보다 처절한 사투의 연속이었다. 누군가에게 내 이야기를 하면 아무개는 '인생 자체가 소설 같아요'라며 반신반의하기도 한다. 우리는 29살이 되면 자신의 20대를 칭할 하나의 단원 제목을 정해야 한다. 나는 글을 써내려가는 2011년 3월 22일 새벽 3시 55분 '아름다운 청춘'이라는 이름을 지난 20대의 시절에 스스로 부여했다. 아름다운 시절만 존재하지는 않았다. 분명 위에서 언급했듯 후회했던 시간이 더 많았을 것이다. 그러나 하나의 아름다움이 모든 것을 덮어버렸다. 더러운 분노가 거름이 되어 아름다운 열매를 맺게 하듯 내 20대도 그러했다.

20대 초반의 기억은 지독함뿐이다. 나는 글을 쓰기 위해 가출을 감행했다. 아버지는 나를 이해하지 못하셨고 글쟁이라는 직업을 가난하다 생각했다.

"네까짓 게 무슨 글을 써! 그냥 내가 하라는 대로 하면 되는 거야!"

아버지의 말은 비수 이상이었다. 사실 글을 쓴다는 것에 있어서 그리 거창한 뜻이 있었던 것은 아니다. 그저 13살에 나를 떠나간 어머니를 찾고 싶었다. 어머니는 이혼 후 한 번도 연락을 하지 않았다. 16살. 어떻게 물어물어 찾아간 어머니는 나를 매정하게 내치고는 뒤도 돌아보지 않았다. 그때 결심했다. 내가 꼭 유명해져서 다시 찾아오리라. 작은 시골마을의 어린 소년의 결심은 독기를 품게 됐다. 그리움이나 연민 따위가 아닌 오기와 경멸이 나를 이끌고 왔다.

딱 스무 살이 되던 해에 나는 대학등록금을 가지고 가출하여 노숙생활을 시작했다. 아마도 내가 가장 고생을 했을 때가 아닌가 싶다. 노숙자들에게 얻어터지는 일은 다반사였다. 그때 당시 강남고속버스터미널에는 큰 헌혈차가 자리 잡고 있었는데 거기에서 빵과 음료수를 얻어먹었던 기억은 평생 감사함으로 남아 있을 것이다.

시골 촌놈의 서울 생활은 그래도 사람들이 꿈꾸는 강남이라는 곳에서부터 시작됐다. 북적이는 사람들을 바라보며 쉬지 않고 글을 썼다. 배움이 부족한 나에게 실천은 의무였다. 어떤 사람의 표정을 보고 글을 쓰고, 어떤 사람의 행동을 보며 글로 옮겨 적었다. 내가 할 수 있는 유일한 공부였다. 가끔 산책을 나가기도 했다. 반포에서 논현동으로, 논현동에서 역삼동까지 한 바퀴 돌고 나면 하루는 금세 저물었다. 그 시절에는 왜 그리 당당했었는지 모르겠다. 사람들이 나를 쳐다보는 눈길을 느꼈음에도 부끄러움이 없었다. 그저 누군가의 시선에서 꼭 성공하리라는 악만이 나를 가득 채우고 있었다.

노숙 생활을 정리하는 데까지 총 10개월이 걸렸다. 작품 하나 쓰지 않고 보낸 세월이었다. 그러나 성과가 없는 것은 아니다. 지금까지 나는 낡은 공책을 한가득 가지고 있다. 그 안에는 인물들의 행동 묘사와 수도 없는 노숙생활 때 느낀 감정이 고스란히 스며들어 있다.

나는 그 뒤 화류계로 떠나게 되었다. 이제 슬슬 데뷔가 필요한 시점이라 생각했다. 10개월 만에 처음으로 소설을 쓰기 시작한 것이다.

사람들은 묻는다. '왜 굳이 화류계 소설이 첫 데뷔작이었습니까?'라고. 내가 필력이 부족해서 주목받을 글을 써야 했습니다. 그러려면 금기시되는 화제를 떠올렸어야 합니다. 그래서 나는 '호빠라는 숨겨진 인간군상의 모습을 써내려간 것입니다'라고 대답하면 사람들은 '꼭 일까지 했어야 합니까?'라며 나를 한심하게 쳐다본다. 나는 '아무것도 모르는데 어떻게 글을 씁니까? 갓 스무 살을 넘긴 사람이 술집이라는 문화를 알기나 합니까? 그때 당시 상상력도 부족했고 어떤 글도 어렵기만 했습니다. 그저 있는 그대로 써내려가는 것이 가장 좋은 방법이었습니다'라고 말한다.

어영부영 써내려간다면 나는 평생을 무명작가로 살아가야 했을 것이다. 세월의 무게도 없고 그렇다고 뛰어난 글재주를 가진 사람도 아니었다. 그렇다면 호기심을 풀어줄 상세한 정보가 필요했다. 전국의 호스트바를 돌아다니며 연습장 30권에 달하는 수기들을 모았다. 그때 나는 이미 21살이 되어 있었다. 누군가는 대학에서, 누군가는 취업을 하기 전 즐겁게 청춘을 보낼 시기에 나는 자존심을 팔아가며 욕망의 배설지에서 눈물을 흘려야 했다.

아직도 나는 그 시절의 후유증이 남아 있다. 누군가와의 사랑에 능숙할 거라 생각하겠지만 경계심이 강하기에 쉽사리 연인을 만나지 못한다. 20대 초반, 갓 고등학교를 졸업한 나에게는 너무도 충격적이며 자극적인 화류계는 나의 순수를 더럽혔다.

참을 수 있었다. 대한민국 최초로 쓰인 르포소설격인 호빠 소설은 분명 사랑을 받을 테니까. 하지만 내 기대는 완벽하게 빗나갔다. 내 작품을 그 누구도 출판해주지 않은 것이다. 등단도 하지 않은 무명작가, 누구에게도 인정받지 못한 젊은 소설가. 출판사로서는 굉장한 부담이었을 것이다. 22살 작품을 완성했지만 26살이 되어서야 비로소 〈텐프로〉라는 이름으로 독자들을 서점에서 만날 수 있었다. 내 능력으로 이룬 것이 아니었다. 우연하게 내 글을 읽은 윤종빈 감독이 영화 계약을 하자고 제의하면서 출판사는 비로소 내 작품에 관심을 갖게 되었다. 영화로 된다면 판매가 많아질 거라는 기대감 때문이었다.

나는 출판사의 거절에 희망을 놓지 않았다. 횟수로 3년 만에 작품을 가지고 집으로 돌아갔다. 아버지는 나를 강하게 거부했지만 빌붙을 언덕이 시골집뿐인지라 나는 눈칫밥을 먹으면서 버텨나갔다.

나는 실망보다는 앞으로 작가로 살아가려면 다양한 경험이 필요하다는 생각을 하게 되었다. 작가가 되기 위해서 가장 필요한 건 돈이었다. 돈이 없으면 취재도, 책도 사볼 수가 없었다. 나는 일용직 노동자 생활을 하기 시작했다. 15일은 일을 하고 15일은 세상을 떠돌아다녔다. 나는 두 번째 작품인 〈아비〉를 22살 때부터 기획했고 취재기간은 2년이 넘게 걸렸다. 세상 모든 아버지의 힘겨움을 담고 싶었던 나는 쉬지 않고 돌아다녔다. 〈아비〉와 함께 준비했던 〈밤의 대한민국〉이라는 작품은 취재기간만 5년이 걸린 대작이었다. 하지만 유일하게 나에게 패배를 안겨준 작품이기도 했다.

내 나이 23살, 나에게 지금까지의 고생은 아무것도 아닌 게 되어 버리는 절망이 찾아온다. 작가라는 직업을 포기해야 할 정도로 지독한 시련. 바로 시각장애였다.

시각장애인 5급1호라는 판정을 받았다. 어느 정도 눈이 보이긴 했지만 작은 글씨를 보는 데는 꽤나 곤혹스러웠다. 한 번 글을 써 내려가면 적어도 만 자 이상을 써야 하는 작가라는 직업은 나에게 불가능해 보였다. 아버지는 나를 더 조이기 시작했다. '장애인이니 공무원시험에 유리하다'는 말부터 꿈을 바꾸라 강요했다. 다시 집을 나올 수밖에 없었다. 어디로 가야 하는지 막막했다. 하지만 꿈을 포기하는 일보다는 고생을 하더라도 꿈을 향해 걸어가는 길을 택할 수밖에 없었다. 단 한 번도 작가가 아닌 미래를 상상해본 적이 없었으니까.

무식하면 용감하다. 지킬 것이 없으니 더욱 그렇다. 나는 시각장애를 숨기고 어느 시골의 다 쓰러져가는 폐가를 찾아 자리를 잡았다. 연명할 수 있는 방법은 자급자족이라는 간단한 수단이었다.

이웃에서 씨앗을 동냥하고 쌀을 구걸했다. 젊은 나이에 고생하는 것이 안쓰럽다며 시골 어르신들은 나에게 김치와 반찬을 가져다 주셨다. 전기도 들어오지 않는 집에서 나는 반년을 보냈다. 24살이 되던 해였다. 정든 낡은 집을 떠나올 때의 짐은 가방에 들어 있는 연습장 50권이 전부였다.

나는 수많은 여자들을 만났다. 아마도 나를 먹여 살린 것은 여자들이 었으리라. 바람기가 많은 건 아니었다. 그렇다고 사랑을 하는 누군가를 만나지도 않았다. 단지 나는 여자에게 모성애를 자극하는 특별한 선물을 안고 태어난 존재였다. 어머니가 없는 지난날들이 그녀들에게는 애절한 나로 비춰졌나보다. 20살 노숙을 했을 당시 나와 동갑인 부유해 보이는 여자를 만났었다. 그녀는 나를 위해 안락한 집을 마련해 주었고 덕분에 잠시 동안 편안한 생활을 할 수 있었다. 늘 희생했다. 연애에 서툴렀던 나는 그녀의 힘겨움을 모른 채 살아왔다. 나중에서야 알게 되었다. 그녀는 나로 인해 돈을 벌어야 했고 과로로 쓰러진 적이 수도 없었음을…. 그 사실을 알게 된 나는 조용히 그녀를 떠났다.

23살, 내가 일용직 노동을 하고 폐가에서 살던 시절 시골 부락에서 만난 여자는 엄마와 같은 사람이었다. 나보다 5살이 많았던 그녀는 부락에서도 꽤나 이름을 날리는 집안의 딸이었다. 부락 폐가에 낯선 남자가 산다는 소식에 마을은 발칵 뒤집혔다. 행색이 초라한데다가 키가 189나 되는 젊은 남자를 반겨줄 곳은 어디에도 없었다. 이장님부터 부녀회장까지 몰려와 나를 내쫓으려 했던 적이 있었다. 아마도 마을에서 처음으로 내게 친절을 베푼 사람이 그녀였으리라. 워낙 외진 시골이었던 터라 그녀처럼 젊은 사람은 없었다. 이미 도시로 모두 빠져나가버려서 나와 그녀만이 20대였었던 걸로 기억하고 있다. 그녀의 아버지는 나에게 일거리도 많이 가져다주었다. 동네 할머니가 지붕공사를 할 때면 일당 3만 원을 챙겨주며 잔심부름을 시켰고, 딸기를 수확하는 일을 마련해주기도 했다.

아마도 그녀의 아버지는 나와 그녀가 결혼을 할 거라 생각했었던 것 같다. 나는 그곳을 떠나오면서 꼭 그녀에게 연락을 하겠노라 약속했다. 하지만 약속을 지키지 않았다. 나에게는 사치스러운 일들이었기에.

24살, 나는 새로운 여자를 만나게 되었다. 고향으로 와서 다시 폐가에 자리를 잡았다. 집 근처에 위치한 곳이었는데 아버지와 화해를 하고 싶어졌다. 아버지는 여전히 나를 용서하지 않았다. 당신께서 하라는 대로 하지 않는다면 나는 결코 자식으로 인정받을 수 없을 것 같았다. 나 역시 고집을 꺾지 않았다. 우리 감정은 이미 격해질 대로 격해져 있었다. 중간에서 누나가 화해를 주선했지만 소용이 없었다. 나는 시골 부락에서 모아놓은 돈으로 생활하며 자전거를 한 대 마련해서 매일 12km 떨어진 공사현장으로 출근했다.

화창한 어느 날 나는 그녀를 만나게 되었다. 근처 은행이 하나 있었는데 나는 일당을 입금하려 CD기를 찾았다. 그녀는 돈을 찾으러 왔고 처음으로 나는 사랑이라는 감정에 심장이 두근거렸다. 나도 모르게 바로 내 뒤에서 차례를 기다리는 그녀의 모습을 거울을 통해 바라보았다. 돈을 입금시키고 그녀가 나올 때까지 밖에서 기다리고 있었다. 하얀색 펄럭이는 치마를 입은 그녀는 작고 귀여웠다. 그녀가 돈을 찾아 나오는 순간 내가 말했다.

"저기 남자친구 있으세요? 저는 소설가입니다. 잠시 이야기를 나누고 싶습니다."

"소설가?"

그녀의 두 눈이 동그랗게 변했다. 나는 마른 침을 꿀꺽 삼키며 그녀가 걸음을 옮기지 못하게 마구 떠들어댔다.

"저는 24살이고요. 글을 씁니다. 30살 안에 성공하지 못하면 자살하겠다는 맹세로 열심히 살고 있습니다. 꼭 소설가로 이름을 알릴 것입니다. 그러니 저를 지켜봐 주시겠어요?"

"저 언제 보셨다고 그런 말씀하세요?"

그녀는 나를 경계했다. 나는 솔직하게 말했다.

"처음입니다. 누군가를 보며 이렇게 말을 걸 제가 아닙니다. 이렇게 초라한 행색으로는 더욱 그렇습니다. 그런데 이 순간을 놓치면 평생을 후회할 것 같습니다."

그녀가 웃었다.

"핸드폰 있으세요?"

나는 재빨리 주머니에서 핸드폰을 꺼내들었다.

"핸드폰을 산 지 며칠 안 됐습니다. 다행입니다. 저에게는 쓸모없는 물건이라 생각했었는데, 만들길 잘했습니다."

그녀는 친절하게 번호를 찍어줬다. 그 뒤 우리는 연인이 되었고, 1년 5개월을 만났다. 하지만 그녀는 지금 세상에 없다. 그녀는 자살했다. 누구도 그녀가 왜 세상을 떠났는지 알지 못했다. 나는 그녀가 세상을 떠난 이유를 알아낼 때까지 사랑이란 감정에 흔들리지 않기로 맹세했다.

25살, 출판 계약과 영화 계약이 동시에 이뤄졌다. 그녀가 세상을 떠난 지 꼭 15일 만이었다. 나는 여전히 폐가에서 생활하고 있었고, 계약을 하기 위해 서울을 찾았다. 강남고속버스터미널에서 버스가 멈췄다. 옛 기억들이 필름과 같이 스쳐지나갔다. 눈물이 나왔다. 내가 걸었던 그 길을 그대로 따라 걸었다. 지난날이 왠지 모르게 뿌듯했다. 익숙하게 학동사거리까지 걸어갔다. 그곳에 영화사가 있었는지도 모른 채 10개월을 거닐었다. 첫 계약을 하는 순간 온몸의 근육이 수축했다. 펑펑 눈물이 쏟아졌다. 영화사 팀장이 나에게 물었다.

"왜 그렇게 우시는 겁니까?"

"그냥요. 지난 시간들이 너무 아쉽습니다. 지난 시간들이 너무 억울합니다. 지난 시간들이 너무 아름답습니다. 지금 나는 너무 행복합니다."

26살, 영화와 동시에 내 작품은 출판되었다. 덕분에 공중파 방송에 출연하는 호사도 누렸다. 한 번 이름을 알리고 나니 다음 작품 계약은 여러 출판사에서 제의가 들어왔다. 하늘에 붕붕 떠다니는 기분이었다. 첫 작품에 이어 〈아비〉 역시 뜨거운 호응을 얻었다. 〈아비〉는 나에게 잊지 못할 영광을 안겨주었다. 전작에 비해 성숙한 필력과 뜨거운 감성이 만들어낸 소설이자 처음으로 진짜 문학이 무엇인지 알려준 작품이었다.

꿈과 같은 시간은 그리 오래가지 않았다. 〈밤의 대한민국〉이 200권만 팔리는 비참한 패배를 알려왔다. 〈아비〉의 성공 이후 오만해진 나는 5년이라는 취재기간이 무색할 정도로 대충대충 글을 써내려갔다. 이후 나는 1년 동안 작품을 출판하지 않았다. 서울집을 팔고 다시 시골로 내려와 자숙의 시간을 보냈다. 우울증과 불안으로 정신과를 다녀야 했다.

27살, 나는 스스로가 안겨준 시련으로 괴로워했다. 여러 차례 자살시

도가 계속 되었다.

28살, 나는 새로운 도전을 시작한다. 약자들을 위한 펜을 들기로 맹세한 것이다. 오랜 시간이 걸렸다. 새로운 작품이 나오기 전까지 나는 산속 작은 암자를 찾았다. 작품이 완성될 때까지 나오지 않겠다는 맹세로 미친 듯이 써내려갔다. 인터넷도 전화기도 없는 암자에서 나는 〈형제〉라는 작품을 완성하게 된다. 〈아비〉나 〈텐프로〉와 같이 부흥은 이루지 못했지만 나는 〈형제〉로 인하여 많은 사랑을 받게 되었다. 28살, 나는 총세 권의 작품을 출간했다. 〈살아가려면 이들처럼〉이라는 에세이와 〈희망의 날개를 찾아서〉라는 사회성 소설까지. 〈형제〉 이후 나는 가평의 어느산골에 집필실을 마련했다. 그곳 역시 깊은 산 속이었다. 정갈한 마음으로 집필에 몰두했다. 그렇게 탄생한 〈희망의 날개를 찾아서〉는 사회적으로 인정받았고 청와대에서 직접 나를 만나러 오는 호사도 누렸다.

29살, 사기를 당했다. 지금까지 모아놓은 돈은 모두 날려버렸고 집필실도 처분해야 했다. 나는 서울로 나와 압구정에 집필실을 마련했다. 생활이 어려워지니 죽을 노력으로 글을 써야 했다. 제정신으로는 나올 수 없는 최상의 글을 써야만 했다. 여기에서 물러서면 나는 오갈 데가 없어진다는 다짐으로 하루 2시간의 수면만으로 집필을 강행했다. 힘들 때마다나는 집필실에서 고속버스터미널까지 걸음을 옮겨본다. 아무것도 없던시절을 떠올리며 '그때보다는 나은 인생이잖아'라고 스스로를 위로힌다.

20대, 나는 많은 것을 잃었고 얻었다.

독자라는 고마운 사람들을 얻었고 사랑을 잃었다.

지금 이 글을 읽는 사람들은 무엇을 얻었고 무엇을 잃었는가!

사람은 누구나 시련을 겪는다. 나보다 더한 시련에 아파하기도 하고 힘겨워하기도 할 것이다. 그런데 사람은 타인의 힘겨움보다는 자신의 힘겨움을 더욱 힘겹다 느끼며 살아간다. 나 또한 그러하고 다른 누군가도 별다를 것이 없다.

우리는 청춘을 어떻게 소비하고 있는가! 젊음은 즐기기 위해 있다는 생각으로 살아가고 있지는 않은가?

나이가 들어서도 충분히 즐기며 살 수 있다. 청춘의 특권이 클럽 따위에 놀러가기 위한 젊음이라 생각한다면 당신은 패배자의 길에서 벗어나지 못할 것이다.

청춘이란 도전이다. 도전해서 실패해도 면책을 부여받는 특권을 가지고 있다.

청춘이란 적금이다. 평생을 안락하게 살 수 있는 모든 기회를 부여받은 특권을 가지고 있다.

청춘이란 기회다. 살면서 한 번도 잡기 힘든 기회가 하루가 멀다 하고 찾아오는 특권을 가지고 있다.

청춘이란 결정권이다. 일생을 어떻게 살아가느냐를 청춘만이 결정할 수 있는 특권을 가지고 있다.

청춘이란 아름다움이다. 평생 동안 가장 아름다운 때에 가장 아름다운 선택을 할 수 있는 특권을 가지고 있다.

소설에서 가장 중요한 부분은 도입부이다. 작가들이 가장 고민하는 부분도 바로 도입부이다. 어떻게 시선을 사로잡을 것인지, 어떻게 시작을 해야 흥미를 이어나갈 것인지는 도입부에서 결정이 난다.

음악도 그러하다. 첫 시작 부분에서 가장 적은 악기가 들어간다. 그렇기에 가장 신경을 써서 불러야 하는 부분이 되기도 한다. 음악이 흘러갈수록 악기들이 추가가 되기 때문에 부담은 덜하다.

그림도 마찬가지다. 기본적인 스케치가 되지 않는다면 구체화할 수 없다. 형태를 잘 그려야지만 안정감 있는 그림을 그릴 수가 있는 것이다.

세상 모든 것이 그러하다. 건축도, 수학도, 과학도, 모두가 기초가 단단해야 앞으로 뻗어나갈 수가 있다. 청춘은 우리의 인생에 가장 기초가 되는 순간이다.

나는 노숙을 통해 많은 사람들의 감정을 관찰할 수 있었다. 떠돌이 생활을 통해 나이로는 감히 짐작할 수 없는 많은 사람의 경험을 배웠다. 사랑을 통해 달콤함과 이별의 처절함을 맛보았다. 누군가의 도움을 통해 고마움을 알아갔고 실패를 통해 절망의 고통을 알게 되었다. 청춘이 아니었다면 과연 나는 어떻게 되었을까?

노숙자로 전락해서 거리를 전전긍긍할지도 모른다. 청춘이 없다면 나는 의욕도 없을 것이다.

청춘이 사라진 내가 떠돌이 생활을 한다면 그 누구도 나에게 말을 걸지 않을 것이다. 늙어 버린 내 모습을 보며 모두가 인상을 찌푸릴 것이다.

사랑의 달콤함과 이별의 처절함도 청춘이 아니었다면 이겨내지 못했을 것이다. 희망 없는 나를 누가 바라봐 줄 것이며 이별에 대처하는 모습에 손가락질 당할 것은 뻔하기 때문이다.

청춘이 아니었다면 누군가의 도움은 거래가 되었을 것이다. 청춘이 없는 나를 바라보는 눈은 측은함이 아닌 경멸이었을 테니까.

실패는 청춘이 있었기에 질타 받지 않았다. 나이가 들어 실패를 맛보았다면 나는 분명 책임을 질 누군가에게 질타를 받고 쓰러졌을 것이다. 다시 일어날 힘도 용기도 없었을 것이다.

청춘은 인생에서 가장 아름다운 특권이다. 모든 것이 주어지는, 모든 것이 용서되는 시간. 바로 청춘이다.

30대는 20대에게 말합니다. '내가 그 나이만 됐어도.'
40대는 30대에게 말합니다. '내가 그 나이만 됐어요.'
50대는 40대에게 말합니다. '내가 그 나이만 됐어도.'

졸지에 홀로 서야 했던 나였다. 그러나 좌절하지 않았다. 나를 바라보는 주위의 시선을 과감하게 거부했다. '동정하려 하지마. 내가 알아서 할 거야'라는 말로 나는 사람들을 오히려 위로했다.

완벽하게 혼자가 됐다. 2009년 이후 나는 뜻하지 않은 홀로서기에 도전해야 했다. 외동딸로 사랑만 받고 지내온 나에게는 엄청난 시련이자 극복의 과제였다.

'무엇을 해야 하지? 어떻게 해야 할까?'라는 걱정이 나를 지키게 만들었다. 나에게 가장 큰 적은 외로움이었다. 의지할 곳이 없다는 공허함은 나에게서 자신감마저 앗아가는 기분이었다.

얼마나 지났을까?

'외로움에 허덕이는 나를 구제해 줄 사람은 누구일까?'라는 절박함에 빠져 있을 찰나 머리가 번뜩였다.

'구제? 그건 시랭아! 내가 스스로 하는 거야!'라고 가슴이 소리쳤다. '그런데 뭘? 어떻게? 탈출구는 어디에 있지?'라고 스스로에게 물었다. 아무런 응답이 없었다.

"어떻게 해야 하냐고! 탈출구는 왜 보이지 않냐고!"

나는 소리치며 울었다. 눈물은 하염없이 쏟아졌다. 결국 아무런 대답이 없는 가운데 잠에 빠져들었다.

며칠 동안 제대로 먹지도 못했다. 위로를 전하려는 전화를 모두 피했다. 받더라도 나는 강한 척하며 당당하게 행동했다. 사람들은 내가 힘겨운 일들을 모두 극복했다고 생각하고 전화를 끊었다. 조금도 줄어들지 않았다. 돌파구가 없었다. 이렇게 잠에 빠져들어 다시는 일어나고 싶지 않았다.

엄마도, 아빠도 천국에 가버린 나는 혼자였다. 청춘이라는 이름으로 감당하기에는 벅찬 일이었다.

내가 어떻게 살았는지 기억나지 않는다. 과거에 내가 어떻게 버텨왔는지도 기억나지 않는다. 2009년 역시 마찬가지다. 별다른 기억이 없다. 과거를 돌아보는 일 따위는 전혀 도움이 되지 않았다. 추억하는 일조차도 너무 아파와 할 수 없었다. 도저히 희망이 보이지 않았다. 목적도 없는 방랑이 찾아왔다.

어느 날 갑자기 나는 벌떡 일어났다. 그리고 소리쳤다.

"탈출구가 없어! 그럼 만들 거야! 탈출구를 만들어서 탈출하면 되잖아! 오기와 열정밖에 없는 사람이 바로 나라고! 그게 없었다면 여기까지 올 수도 없었어!"

고래고래 소리를 지르고 연필을 쥐었다. 그리고 즉시 실행했다.

탈출구가 보이지 않았다면 내가 스스로 만들면 되는 것이다. 왜 나는 누군가가 만들어 주길 바랐던 것일까?

여전히 시간은 흘러간다. 나는 무의미한 시간으로 청춘을 허비하지 않기로 했다. 다짐이 섰으면 즉시 실행해야 한다. 긍정으로 모든 것을 바라보기로 했다. 물론 나약해질 때가 있다. 저 암흑 속으로 내가 빠져들고 있다고 느낄 때가 있다.

그렇다고 주저앉아 누군가의 도움을 바라지는 않는다. 나는 낸시랭이다. 긍정과 오기 열정만을 가지고 태어난 낸시랭!

다른 사악한 감정은 전혀 가지고 있지 않은 낸시랭! 그게 바로 나다!

청춘이 얼마나 남았는지는 모른다.

이미 청춘이 아니어도 좋다.

청춘에 큰 의미를 부여하거나 축복이라 말하고 싶지 않다.

내가 살아 있는 한 그 시간 자체가 열정이고 긍정이고 오기다.

나는 그렇게 믿고 살아간다.

끝없는 도전이 나를 만들었다.

사람들이 긍정과 오기와 열정을 합쳐서 부르는 단어가 낸시랭이 될 때까지 나는 쉬지 않을 것이다.

나는 도전한다. 사람들이 절대 오르지 못할 거라 생각한 지점까지 도전하고 이루겠다.

나는 낸시랭이다!

어린 시절, 나는 구준표와 같은 삶을 살았다고 사람들에게 말한다. 사실이었다. 가정부 아주머니가 있었고 개인교사가 있었으며 혼자 어느 옷가게를 가면 초등학생인데도 불구하고 사람들은 옷을 입혀줬다. 방안에는 책이 가득하고 클래식 음악 테이프가 즐비했다. 돈에 대한 구애를 받지도 않았다. TV드라마에서 나오는 좁은 집은 설정이라고 생각했었다.

그러다 갑자기 유학을 가게 된다. 어머니는 암 진단을 받으셨었다. 나는 그러한 사실을 알지 못하고 떠나야 했다. 어머니는 나에게 암 투병으로 힘겨운 생활을 하는 당신의 모습을 보이기 싫어하셨다. 나중에 한국으로 돌아와 알게 된 어머니의 건강 상태는 최악이었다. 당당하고 당찬 어머니는 존재하지 않았다. 병마와의 싸움으로 힘겹게 살아가시는 어머니를 보자니 모든 게 꿈이라 부정하고 싶어졌다.

아버지가 돌아가시고 어머니의 투병생활로 집안은 끊임없이 기울었다. 가장이 되어 버린 것이다. 외동딸로 자라온 나에게는 모든 게 버거웠다. '어떻게 살아가야 하지? 어떻게 지금 상황을 돌파해야 할까?'라는 생각들이 숨통을 조여왔다. 어머니를 잃고 싶지 않았다. 병원비를 벌기 위해 나는 쉬지 않고 일을 해야 했다. 그래도 즐거웠다. 어머니라는 소중한 존재가 내 곁에 있음이…. 가장 힘들었던 것은 돈이 아니었다. 어머니와의 시간이 갈수록 줄어든다는 슬픔이 가장 크게 다가왔다.

무작정 뛰어야 했다. 정신없이 작품에 매진했고 죽을 듯이 일에 전념했다. 단 하나의 목적이 나를 이끌어왔다. 어머니!

사람들은 나를 보며 공주와 같이 살아왔을 거라고 생각한다.

그래! 인생의 초반에는 그랬다. 인생의 4분의 1은 공주라 이야기해도 무색할 정도로 완벽한 인생이었다. 그 뒤로는? 기울어진 집안을 일으켜 세우기 위해 드레스를 벗어야 했다. 유리구두를 버리고 화려한 장신구들을 버려야 했다.

아무런 보호막도 없었다. 더 이상 바람막이가 되어 주지 못하는 어머니와 주위 사람들을 이제 내가 지켜줘야 했다. 거친 바람이 우리 가족에게 돌진해 오면 나는 몸을 던져 바람을 막아야 했다. 살이 찢기는 매서운 바람을 막아서면서도 나는 앞으로 걸어가야 했다.

내가 아니면 가족이 주저앉는다. 그 압박을 20대에 겪은 이들이 얼마나 있을까?

비틀거리는 걸음일지라도, 힘겨운 걸음일지라도 주저앉을 수 없었다. 청춘의 실패는 나에게 존재하지 않았다. 내가 꺾이게 되면 어머니는 병원에 갈 수 없다. 주사를 맞아야 하고 수술을 해야 하는 상황에서 나에게 넘어지는 일이란 있을 수 없는 일이었다. 실패는 곧 파멸을 뜻한다. 벼랑 끝에서 곡예를 하듯 바둥거리며 떨어지지 않는 나였다.

형제가 없으니 의지할 누구도 없었다. 그저 곁에서 나와 어머니를 돌보던 가정부 아주머니만이 유일하게 나를 안아주셨다.

눈물은 사치였다. 눈물을 뺄 시간조차 허락되지 않는 바쁜 일정이 나를 옭아맸다. 유일하게 눈물을 흘리는 곳은 자동차 안이었다. 누구도 없는 곳에서 있는 힘껏 울어보았다. 그래도 고통은 1g도 줄어들지 않았다.

차 안에서 나오면 또 웃어야 했다. 사람들을 만나야 했고 방송을 해야 했다. 그런데 거짓말처럼 나는 방송을 하거나 사람들을 만날 때면 강철처럼 강한 사람이 되어 있었다.

언제 울었냐는 듯 즐겁게 방송을 하고 당장의 상황을 즐겼다. 아마도 강한 의지가 만들어낸 또 다른 세계였을 것이다.

포기라는 말은 나에게 없는 단어였다. 그로 인해 지금까지 나는 숨을 쉬며 살아가고 있고 내가 사랑하는 예술을 하며 살아간다.

혼자 남겨진 세상에서 나는 당당하다. 젊은 날의 시련은 나를 굳건한 성벽과 같은 존재로 만들었다. 스스로 자부하는 인생. 지금까지는 그러하다.

앞으로 얼마나 많은 일들이 나에게 닥쳐올지 모른다. 하지만 나는 이겨낼 것이다. 내가 세상에 존재하는 한, 나는 절대 쓰러지지 않는다.

어떤 무서운 시련이 나에게 다가와도 나는 일어날 것이다. 나라는 존재는 넘어지는 법을 배우지 않았으니까.

어린 시절에는 공주로 살아왔기에 넘어지지 않았고 성년이 되어서는 지켜야 할 것들로 넘어지지 않았으니까.

절대 넘어지지 않겠다. 그게 바로 나다. 낸시랭!

 세상은 도전입니다.
도전하지 않는 사람은 승리를 모릅니다.
승리를 모르는 사람은 의미 없이 살아갑니다.
의미 없는 사람은 죽은 자와 같습니다.
죽은 자와 같은 사람은 세상에 잔류할 이유가 없습니다.

우리가 잊고 지낸 것들

소재원

우리는 자신만의 멘토를 찾으려 한다. 그래서 책을 사보고 위대한 인물들의 전기를 읽는다. 나와 당신이 부족한 것은 과연 무엇일까?

바로 관찰력이다. 나는 예전 어느 시골부락에서 어르신을 만났다. 사람들이 알고 있는 이름도 아니요. 세상을 뒤흔들었던 사람도 아니다. 나는 어르신과 일주일을 같이 있으면서 하나의 가르침을 얻었다. 새벽 5시면 일어나 마루에서 찬 공기를 마시는 일이다. 나는 어르신께 물었다. "왜 아침마다 그렇게 마루에 앉아 있느냐"고. 어르신은 답했다. "하루를 어떻게 보낼지를 생각하고 명상하는 시간이 없다면 살아온 날이 무의미했을 거"라고.

우리는 주위의 소중한 가르침을 유기한다. 분명 다른 사람보다 뛰어난 재주로 이름은 떨치지 못했던 사람들이지만 모든 사람에게는 단점과 장점이 존재한다. 책으로 배우는 것보다 직접 느끼는 것에 더 열중했으면 하는 바람이다.

가장 가까운 사람은 누가 있을까? 바로 가족이다. 부모님에게서, 형제에게서 배울 수 있는 부분을 찾아보자.

가장 가까운 사람에게서도 찾지 못하는 것들을 우리가 책을 통해서 찾는다고 과연 찾아질까? 물론 직선적인 가르침만을 집중적으로 다룬 서적에서 우리는 쉽게 배울 점들을 꼬집어 낸다. 잘 관찰하면 시간 절약도 할 수 있다. 그런데 실행에 옮기는 경우는? 거의 없다.

왜일까? 우리는 피부로 느끼지 못했기 때문이다. 오래전 깜지라는 것을 써본 기억이 누구나 있을 것이다. 한 단어를 노트에 빼곡하게 적어서 외우는 방법인데 아직까지 나는 깜지에 적은 단어들을 기억하고 있다. 내가 썼고 내가 행동했기 때문이다.

직접 경험해서 얻어내는 지혜는 결코 다른 사람과 공유되지 않는다. 우리는 공유하는 지혜를 쉽게 생각한다. 남이 아는 것을 나도 알기에 그렇다. 보물은 왜 보물일까? 세상에 많이 존재하지 않기에 그러하다. 보물이 세상에 널려 있다면 그건 더 이상 보물이 아니다.

산삼과 마늘의 차이를 보면 쉽게 알 수 있다. 마늘이 산삼과 같이 흔하지 않았다면 아마도 산삼 이상의 몸값을 자랑했을 거라고 사람들은 말한다. 하지만 우리는 산삼과 마늘을 비교했을 때 산삼의 가치를 더 인정한다. 바로 흔하지 않기 때문이다.

우리도 책에서 배우는 흔한 지식과 지혜의 소중함을 느끼지 못한다. 하지만 당신이 직접 알아낸 흔하지 않은 지혜와 지식은 보물과 같은 것이 된다.

라면을 끓일 때 자신만의 비법을 아는 사람은 항상 그 방식대로 요리를 하는 것과 같이, 배움도 그렇다. 스스로가 터득한 자신에게 가장 알맞은 방법, 그것을 우리 찾아보자.

 저는 어린 시절 많은 말썽을 피웠습니다. 그래서 학교나 파출소에 아버지께서 오시기 일쑤였습니다. 아버지는 사건을 수습하고 저를 데리고 오는 길에 늘 물었습니다. "밥 먹었냐." 가출하고 사고치는 자식에게 가장 궁금한 물음이었나 봅니다.

낸시랭

많은 것을 놓쳐버리고 살았다. 30대가 되었다. 30대의 청춘은 20대에 비해 불리한 조건들 투성이었다. 20대라면 허용되던 일들이 30대에 들어서면서 줄어들게 되었다. 실패라는 경험을 조금씩 줄여나가야 했다. 앞으로는 의욕만이 아닌 철저한 계산 속에 모든 것을 시도해야 했다. 20대에 내가 잊고 살아온 것들을 생각해봤다. 무엇일까? 나는 인연을 잊고 살았다. 많은 사람들이 잊히고 사라졌다. 높은 곳으로 가기 위한 걸음에 주위를 신경쓰지 못했다. 어느 누구처럼 살고 싶다는 꿈을 꿨으면서 누군가에게 나와 같은 인생을 닮아가게 하고 싶다는 다짐은 없었던 것 같다.

이런저런 추억에 젖어들다 보니 후회가 밀려왔다. 왜 나는 20대를 그딴 식으로 보냈을까? 청춘을 후회하지 않는다고 다짐했었는데, 왜 나는 이렇게 후회할 짓들을 많이 만들었지?

잠시 주저앉아 내가 그려온 그림들을 멍하게 바라보았다. 20대부터 나에게 열정을 선물한 그림들. 그림 하단에는 사인과 내가 그림을 그린 날짜가 적혀 있었다. 천천히 그림들을 둘러보던 중 날짜가 적혀 있지 않은 그림을 발견했다.

나는 순간 밝은 미소를 지었다.

청춘이란 언제부터 언제까지를 말하는 것일까?

사람들이 정해 놓은 20대 30대라는 숫자적 개념에 들어 있는 것이 과연 청춘일까?

내 마음은 타인이 정해 놓은 숫자를 인정하고 자연스럽게 청춘이 떠남을 아쉬워하고 있었다. 내가 20대와 달라진 점이 무엇일까? 달력 안에 적힌 숫자 빼고는 달라진 것들이 과연 무엇일까?

아무것도 없다. 나는 20대와 마찬가지로 그림을 그리고 방송을 한다. 20대와 마찬가지로 열정이 있고 도전을 한다.

나는 왜 내가 30대라는 것에 괴로워했지? 20대의 청춘과 30대의 청춘을 왜 구분했지? 사람들이 정해 놓은 숫자의 개념 속에 나는 왜 속박 당하려 했을까?

30대, 나는 청춘이다.

40대가 되어서도 청춘이고 50대가 되어서도 청춘이다.

우리는 청춘이 흘러감을 아쉬워한다. 그런데 가만히 생각해 보자. 우리의 사고가 바뀐다면 청춘에 유통기한이 존재하는 것일까?

집단성, 바로 그것이다. 집단이 청춘의 시대를 정해 놓았다. 만약 집단이 50대까지를 청춘이라 이야기했더라면 우리는 50대까지 특별함을 부

여받을 수 있지 않을까?

시간이 아닌 고정관념에 사로잡힌 우리가 청춘을 놓아버리는 것은 아닐까?

 내 앞에서 걸어가지 마세요. 당신을 따라가지 않을 것입니다.
그렇다고 내 뒤에서 걸어오지도 마십시오. 당신으로 하여금 뒤를 돌아보거나 빨리 오라며 재촉하고 싶지 않습니다. 내 옆에서, 동행자가 되어 주십시오. 도란도란 이야기도 나누고 함께 걷는 것에 행복을 느끼겠습니다.

소재원

당신은 그리 예쁘지 않습니다.

하지만 세상에서 가장 아름다운 웃음을 가질 수 있습니다. 기쁨을 느낄 때 웃는 미소는 어떤 웃음보다 아름답습니다. 진정한 기쁨을 위해 달려가세요. 그럼 예쁘지는 않지만 아름다워질 수는 있습니다.

당신은 능력이 그리 좋지 않습니다.

하지만 능력 있는 사람을 곁에 둘 수 있는 인간성을 가질 수는 있습니다. 능력이 있다고 해서 사람들이 우러러보지 않습니다. 어떤 사람이든 껴안을 수 있는 아량을 배우시면 됩니다. 그럼 사람들은 당신 곁에 모일 것입니다. 혼자만의 능력은 한계를 드러내지만 여러 사람의 능력은 한계가 없는 무한입니다. 당신의 주위에 그런 사람들을 만들 수 있는 유일함은 바로 넓은 아량입니다.

당신은 머리가 좋지 않습니다.

하지만 부지런하다면 똑똑한 사람을 이길 수 있습니다. 이 시대는 아직 기계가 모든 일을 처리하지 못하는 시대이니까요. 머리가 아닌 두 발로 승부하세요. 책상에 앉아 엉덩이가 아파오는 고통보다는 발가락에 굳은살이 박이는 고통으로 밀어붙이세요. 사람들은 머리가 좋은 사람보다 부지런한 사람을 믿게 되어 있습니다. 그럼 당신이 뛰어다니는 만큼 성과를 거두는 보람을 느낄 수 있을 겁니다.

당신 집안, 좋은 집안은 아닙니다.
하지만 어느 기준에서 보느냐에 따라서 달라지는 사소한 차이입니다. 사람들이 말하는 재산의 보유, 가족의 직업, 집의 평수, 차량 CC 등을 보면 분명 좋은 집안은 아닙니다. 대신 화목한 집안을 만드세요. 그럼 사람들은 당신 가족을 부러워할 것입니다. 조건적인 가족의 위치는 험담이 난무합니다. 대신 화목한 집안을 보면 험담하는 사람은 존재하지 않습니다.

 세상 모든 것은 인간을 위해 희생합니다. 그런데 인간은 무엇을 위해 희생하는가! 정말 지독히도 이기적이구나!

부유했던 시절이 있었다. 그리고 가난했던 시절이 있었다. 나는 부유한 시절 느끼지 못한 모든 감정들을 가난한 시절에 느껴야 했다.

주위 친구들은 늘 비교대상이 됐다. 대학을 졸업하고 작업실을 갖추고 있는 친구들을 바라보며 부러움의 시샘을 하기도 했다. 몰락, 그 속에 나는 방황했다. 원망할 상대를 찾기도 했고 꿈이길 바랐던 적도 있다.

하지만 어느 순간 전환점이 찾아왔다. '나라는 존재는 소중하잖아!'라는 생각이 불쑥 나를 찾아왔다. 나는 그 누구도 아닌 나 자신이다. 그런데 왜 다른 누군가와 나를 비교하는 거지? 엄연히 나는 다른 사람이며 그들보다 높게 올라갈 수 있는데….

누군가와 나를 비교하지 말고 누군가와 나의 차이를 느껴라. 확연한 차이를 느꼈다면 상대에게는 없는 나만의 것을 찾아라. 분명 있다. 상대가 가지지 못한 부분을 나는 가지고 있다. 사람은 비교할 수 없다. 모두가 다르다. 비교 자체가 안 되는 것들을 비교하며 청춘을 낭비하지 않았으면 한다.

인생에서 비교대상이란 애초부터 없다. 내 인생이고 내가 만들어가는 인생 속에 나를 비교할 사람이 과연 누가 있을까? 차이는 존재한다. 차이라는 것은 비교와는 다른 말이다.

비교: 둘 이상의 대상을 견주어 보는 것.
차이: 서로 같지 아니하고 다름.

분명 다르지 않은가? 서로가 다름에 얻는 것이 많지만 서로가 견주어 보게 되면 패배만이 나를 감싸 안는다.

패배의식 속에 비교를 할 것인가. 가르침을 위해 차이점을 찾아 낼 것인가!

 선택을 미루지 마세요. 그 뒤에 따라올 선택의 기회가 사라집니다.
과감한 선택 뒤에는 또 다른 선택이 늘 다가온답니다.

자신만의 다짐

소재원

나는 20대 초에 한 가지 맹세를 했고 20대 중반에도 한 가지 맹세를 했다.

이 맹세는 나를 지금까지 이끌고 왔다. 맹세의 중요한 점은 이 맹세가 깨어질 시 약속한 대가를 치러야 한다는 것이다. 나에게는 이제 딱 1년이라는 시간이 남았다. 맹세가 깨진다면 나는 그 대가를 톡톡히 치를 것이다.

20대 초반 스스로에게 했던 맹세는 '30살 이전에 대한민국 국민 100명 중 한 사람이 내 이름을 알게 하겠다'였다.

덧없는 시간이 흘러가고 노숙이라는 작은 사회에서 빠져나오기 위해 스스로가 했던 약속이다. 출판사에서는 소식도 없는 나에게 절망만이 찾아 올 무렵, 나는 용기를 잃지 않기 위해 이런 다짐을 했다. '딱 30살까지만 원 없이 뛰어보자. 그 후에 안 되면 미련 없이 죽자'라는 다짐은 나에게 새로운 변화를 가져왔다. 30살이 지나서도 살고 싶었다. 어떻게든 오래 살고 싶었다. 나는 노력을 하지 않을 수 없었다. 스스로 목숨을 끊

165

는 일 따위는 죽어도 하기 싫었기 때문이다. 자살보다는 노력하는 편이 훨씬 쉬울 것 같았다.

20대 중반 나는 또 다른 맹세를 한다. 서른 번이 넘는 자살 시도에 나는 제정신이 아니었다. '왜 그렇게 죽으려 도전했느냐!'라고 나를 비난하는 이들도 있을 것이다. 살 수 없었다. 죽어서 내가 살아온 흔적을 모두 지우고 싶었다. 아니, 솔직히 이건 핑계다. 죽을 수 없었지만 무의식적으로 동정을 호소하기 위한 습관적 행동이었다. 절대 죽을 만큼 약을 먹거나 육신을 해하지 않았다. 나약함의 변명이라 말하는 것이 옳을 것이다. 그때 나는 새로운 맹세와 함께 다시 태어났다.

30살 때까지 100명 중 한 사람이 나를 알지 못하면 죽는다. 맹세했다. 그럼 지금부터 30살 때까지 살아가면서 딱 5가지의 좋은 일을 해보자. 5가지의 좋은 일을 실행하지 않았을 경우 그때 미련 없이 목숨을 던져버리자.

나는 지금까지 3가지의 좋은 일을 했다. 기부, 봉사, 사회적 제도 개선을 위한 시위. 이제 올해가 가기 전 두 번의 좋은 일을 더 하면 된다.

여기에서 가장 중요한 것은 맹세를 어겼을 때 스스로가 제시한 대가를 받아들여야 한다는 것이다. 약해지면 절대 맹세를 지킬 수 없다.

그대들은 무엇을 맹세하겠는가? 거창한 것이 아니더라도 상관없다.

맹세를 지켜나가는 자체에 당장부터 큰 변화가 찾아올 것이다. 잠시 책을 덮어 버리고 자신에게 맹세해보자. 그 뒤로 달라질 그대들의 청춘이 얼마나 큰 힘을 불러오는지를 느껴보자.

Please...
Arrest Me!

청춘의 길을 가다 보면 넘어질 때가 있습니다. 나는 생각했습니다.
'얼마나 더 넘어져야 할까?'
얼마가지 않아 넘어지고 넘어질 때마다 한숨을 쉬며 일어났습니다. 29살이 되어 내가 걸어온 길을 돌아봤습니다.
수도 없이 넘어진 길 구석구석은 내가 왜 넘어졌는지를 알려주고 있었습니다. 지금은 쉽게 넘어지지 않습니다.

낸시랭

힘든 시기는 청춘에게 한 번쯤 찾아오는 수두와 같은 것이다. 나도 그랬고 누구에게나 찾아온다. 축복만이 함께 하는 건 아니다. 미래의 불안은 늘 곁에 자리 잡고 있다. 걸어 나갈 길에 먹먹함은 지독하게도 주위를 서성인다.

흘러가는 대로 놔두는 것도 좋은 방법이지만 빨리 이들을 쫓아내려면 스스로 최면을 걸어야 한다. 어려운 시절, 나는 불안과 먹먹함이 찾아 올 때마다 최면을 걸었다.

"낸시랭! 나는 특별한 존재야! 왜 이따위 것들에 벌벌 떨고 있는 거야!"

두려움이 찾아 올 때마다 이렇게 기합을 넣었다. 지금도 나는 가끔 방문하는 못된 감정들에게 소리친다.

"낸시랭! 나는 특별한 존재야! 왜 이따위 것들에 벌벌 떨고 있는 거야!"

여러분도 내가 넣는 기합의 주문을 외워보는 것을 어떨까?

"XXX! 나는 특별한 존재야! 왜 이따위 것들에 벌벌 떨고 있는 거야!"

뛰어가고 싶으면 뛰어가고
걸어가고 싶으면 걸어가고
쉬고 싶으면 쉬어가고
모든 선택에 강요가 들어가지 않는 지금이 바로 청춘입니다.
즐기세요.
즐기지 못하는 청춘은 결코 청춘이 아닙니다.

part
0.3

청춘이 선물해준 사랑

소재원

청춘이 우리에게 선물해준 수많은 것들 중 가장 특별한 것은 무엇일까?

바로 사랑이다.

20대의 사랑은 아름답다. 30대의 사랑은 책임의 시작이다. 청춘은 이별을 정당화한다. 청춘에 이별은 서정적이다. 하지만 청춘이 지나간 뒤 찾아오는 이별은 감당할 수 없을 만큼 현실적 상처들이 뒤따라온다. 청춘은 사랑의 예행연습을 우리에게 선물하고 있다. 어찌 보면 잔인한 이야기일 수 있다. 사랑의 예행연습이라. 잔인하지 않은가? 헌데 우리는 이 잔인한 일을 청춘이라는 이름으로 서슴없이 자행한다. 사랑을 예행연습이라 말하는 나의 잔악함에 그대들은 어찌 반응할 수 있을까? 그대들 역시 이별을 했고 새로운 사랑을 시작한다. 예행연습이라 칭하는 나를 비난할 사람, 과연 누가 있을까?

세월이 흘러감에 우리는 사랑에 대한 확고한 기준을 적용해야 한다.

실패 뒤에 따라오는 건 법적인 책임과 재판, 그리고 재산분할, 주위의 고통이다. 청춘은 이런 실패를 아낌없이 배려한다. 하지만 분명 대가는 뒤따라온다. 바로 아픔이다. 성숙하지 않은 청춘의 사랑은 죽음과 같은 고통을 우리에게 던져준다.

나는 굳이 경험하지 않을 이러한 예행연습을 그대들에게 선사하고 싶지 않기에 내가 경험한 부분을 감히 잣대로 들이밀어 본다.

그대가 만나지 말아야 하는 남자

1. 허세가 있는 남자

허세는 현실의 도피성 자아도취입니다. 자격지심이 강한 사람일수록 많은 허세를 부립니다.

2. 집은 월세인데 차가 있는 남자

매달 고정적으로 들어가야 하는 돈만 100만 원 정도가 됩니다. 차라는 건 필수품이 아닙니다. 보이는 것에 치중하는 사람들이야말로 가장 경계해야 할 1순위입니다.

3. 월세에 시계나 기타의 액세서리가 명품인 남자

남자가 명품을 좋아하는 이유는 딱 하나입니다. 자신의 현재를 포장하고 싶기 때문입니다. 성공한 사업가, 예술가들을 보면 안전을 위해 좋은 차를 타더라도 명품에 집착하지 않습니다. 대한민국에서 강남만큼 이사를 많이 하는 동네가 없습니다. 이유는 바로 이러한 소비성향 때문입니다. 사업가들의 차는 대부분 국산 대형차가 많고 국산 대형차를 소유한 사람들의 보유재산이 외제차를 가지고 다니는 사람들의 보유재산보다 월등히 많다는 조사결과도 있었습니다.

4. 술을 좋아하는 남자

술이 없으면 이야기를 하지 못하는 사람을 경계합시다. 술이라는 마법약에 의지하는 자는 결코 자신의 집을 가질 수 없습니다. 대한민국 남자들은 한 달에 평균 30만원의 술값을 사용합니다. 나이가 들면 술을 좋아하는 남자들은 여자가 있는 술집으로 옮겨가게 됩니다.

5. 시간 약속에 철저하지 못한 남자

약속을 어기는 남자는 뻔합니다. 자기 자신과의 다짐에도 흔들리는 남자는 누군가를 책임질 수 없습니다.

6. 친구들을 만나는 시간이 많은 남자

친구들과의 시간은 일주일에 한 번이면 충분합니다. 남자들은 이게 모두 인맥이라 생각하지요. 하지만 절대 아닙니다. 인맥이 많은 사람치고 성공하는 사람은 드뭅니다. 인맥의 도움을 받아 성공하는 사람도 드뭅니다. 인맥보다는 스스로가 일어나는 경우의 수치가 더 높게 나타납니다. 인맥이라는 건 친구가 아닌 사업파트너인 것입니다.

7. 지갑에 카드가 많은 남자

포인트 적립에 대한 이야기들을 늘어놓는 남자들을 경계합시다. 카드는 결국 빚입니다. 빚에 태연한 사람은 아주 위험합니다.

8. 지갑에 현찰을 많이 들고 다니는 남자

돈이 많이 들어 있다는 것은 그만큼 통장잔고가 비어 있다는 것을 뜻합니다.

9. 차에 관심이 많은 남자

대부분의 남자들은 차에 관심을 보입니다. 껍데기에 치중하는 남자 중 하나입니다. 성공한 사람들은 차에 열광하지 않습니다. 신문과 주식, 재테크에 열광할 뿐입니다.

10. 자신의 단점은 보지 않으면서 다른 누군가에게 지적하는 남자

만약 그대의 단점을 지적하는 남자를 만나고 있다면 당장 헤어져야 합니다. '자신의 단점을 알고 그대에게 어떻게 고쳐볼까?'라고 말하는 남자를 만나야 합니다. 가르치려드는 남자는 자신의 실패도 타인의 잘못으로 돌립니다.

11. 한때 자신이 잘나간 적이 있다 말하는 남자

남자들의 거짓말 중 하나가 바로 이것입니다. 대부분의 남자들이 예전에는 얼마를 벌고 얼마나 잘나갔는지를 이야기합니다. 거짓이 80% 이상 들어간 무용담일 뿐입니다. 무용담을 늘어놓는 남자는 현실에 약합니다.

12. 운동을 하지 않는 남자

자신의 불룩 튀어나온 배를 보고도 수치심을 느끼지 않는 남자는 다른 사람에게도 고개를 잘 숙입니다. 기준이 없는 남자라는 것입니다. 성공한 사람들은 운동을 통해 스트레스를 날려 버립니다. 술자리는 그저 비즈니스 이상으로 생각하지 않는다고 합니다. 강남 반포동에 살 때 헬스장에 많은 남성들이 운동을 하고 있었습니다. 그들은 일이 끝난 후 운동을 하러 어김없이 헬스장을 찾습니다. 내가 '왜 그렇게 운동에 많은 시간을 투자 하냐'고 물었습니다. 그들의 대답은 한결같았지요. 자신감을 찾는 데에는 운동만큼 좋은 방법은 없다고….

13. 타인이 없을 때 다른 사람의 욕을 하는 남자

언젠가는 여러 사람으로부터 소외당하게 되어 있습니다.

14. 경험도 없는 상태에서 사업 궁리하는 남자

음식점을 하려면 최소 5개월 이상 종업원 생활을 해봐야 합니다. 어느 사업을 하려면 가장 밑바닥부터 5개월 동안 어느 정도 위치까지 올라갈 수 있는지를 스스로 테스트해 봐야 합니다. 5개월이 지난 후에도 말단 종업원 생활을 한다면 절대 사업을 시작해서는 안 됩니다. 사업을 하기 전 경험도 없이 자료조사에만 급급한 남자는 위험합니다.

15. 타인에게 너무 관대하거나 냉정한 남자

너무 관대하면 보증이라는 위험을 쉽게 안게 됩니다. 너무 냉정하면 주위에 사람들은 그를 싫어합니다. 적당히 미지근한 사람을 만나세요.

만나야 하는 남자

1. 월세에 살더라도 방안에 책이 가득한 남자

항상 준비된 자입니다. 무엇을 하더라도 지금의 생활보다 더 높은 이상을 추구하고 준비하는 사람입니다.

2. 뚜벅이라 할지라도, 월급이 적더라도 적금을 들고 있는 남자

10년 이상 남자를 만날 생각이라면 이런 남자가 최고입니다. 10년 안에 그대는 번듯한 집과 자동차를 소유한 중상층이 되어 있을 것입니다.

3. 자신에게 아주 냉정하지만, 타인에게 관대한 남자

자신에게는 잔인하리만큼 냉철하지만 타인에게 부드럽고 이해심 많은 남자라면 그대에게 잔소리를 쏟아붙이거나 불만을 갖지 않습니다.

4. 지갑에 5만 원 이하, 체크카드를 들고 다니는 남자

현찰이 없으면 통장에 잔고가 많습니다. 체크카드를 들고 다니면 빚은 절대 지지 않는 사람입니다.

5. 구두쇠데 한 달에 한 번, 근사한 외식을 시켜 주는 남자

한 달에 한 번 그대를 위해 어느 정도 화끈한 면을 보일 줄 알아야 합니다. 돈을 쌓아놓기만 하는 남자는 평생을 그렇게 살아갑니다. 그대가 곤혹스러워집니다.

6. 새벽 1시에 잠드는 남자

자기만의 관리에 철저한 남자입니다. 1시쯤 잠에 들어 아침 생활을 하는 남자야말로 가장 이상적인 수면과 관리능력을 보인다고 합니다.

7. 술은 저녁 11시까지 먹는 남자

11시면 사업적 술자리라도 금방 끝이 납니다. 회식 또한 그렇습니다. 11시를 넘기는 술자리는 2차나 3차가 되는데 남자들끼리의 술자리는 여자가 나오는 술집일 가능성이 높습니다. 끝까지 술자리에 남아 있다가 다음날 쓰린 속을 부여잡고 출근하는 남자는 평생을 그렇게 살아갈 것입니다.

8. 10시 50분 드라마를 보는 남자, 9시 뉴스를 보는 남자

9시 뉴스를 통해 정보를 얻고 10시 50분에 그대와 같이 드라마나 쇼프로를 보는 남자는 가정적입니다. 언제나 일찍 귀가해서 그대와 취미를 같이 할 다짐이 있는 남자입니다.

9. 투자로 돈을 벌어들이려기보다 자신의 몸값을 올리려 스스로에게 투자하는 남자

돈으로 돈을 벌어들이는 일은 한 번쯤 실패를 맛보게 됩니다. 성공한 사람들 90% 이상이 쓰라린 패배를 맛보았다고 합니다. 그들 중에 재기를 한 사람은 20%도 되지 않습니다. 돈으로 돈을 벌어 성공한 이들의 이야기입니다. 하지만 스스로가 자산인 남자는 패배 확률이 10%도 되지 않습니다.

10. 언제나 웃음으로 배려하는 남자

웃음 없이 따지기만 하는 남자는 속이 좁습니다. 속이 좁은 사람과는 싸움만이 난무하게 됩니다.

11. 긍정적 사고방식을 가진 남자. 다만 자신에게는 그것이 허용되지 않는 남자

긍정적 사고를 하게 되면 주저앉는 일에도 당당합니다. 그러면서도 자신에게는 철저한 규칙을 두는 사람은 최고의 자리까지 갈 수 있습니다. 3번과 비슷하지만 이는 또 다른 부분입니다. 헷갈리지 맙시다.

12. 애인에게 잔소리보다는 미래를 함께 생각하며 건의하는 남자

강요보다는 건의하는 남자, 미래에 대한 이야기를 자주 하는 남자를 만나세요. 그럼 평생 보험을 두는 것입니다.

13. 사랑을 쉽게 말하지 않는 남자

'사랑해'란 말이 한 달 안에 당신에게 터져 나왔다면 그 사람은 쉬운 사랑에 쉽게 이별하며 책임감이 제로인 남자입니다.

14. 효도하는 남자

효도는 곧 당신의 집에서도 나납니다.

15. 당신을 언제나 사랑하고 믿는 남자

믿음 없는 사랑은 존재하지 않습니다. 집착과 사랑은 비례하기도 하지만 정도가 과하다면 그건 사랑을 가장한 구속이 됩니다.

추신.

당신이 먼저 바꿔야 합니다.

믿지 못하는 사람에게는 믿음 없는 사람만이 따르게 되어 있습니다.

 누군가가 물어올 것입니다. '삶의 행복은 무엇이었냐고.'
나는 망설임 없이 대답하겠습니다. '당신이 내 행복이었다고.'
누군가가 물어올 것입니다. '삶의 불행은 무엇이었냐고.'
나는 눈물과 함께 대답하겠습니다. '당신이었다고.'

낸시램

청춘에 있어서 가장 소중한 것은 바로 사랑이다. 사랑이라는 감정에 행복하기도 눈물을 빼기도 했다. 청춘이 있기에 느낄 수 있는 최고의 감정, 성적 욕구가 아닌 정신적 교감이 공존하는 아름다운 감정, 조건을 따지지 않고 사람 자체가 행복이 되는 감정, 머리가 아닌 가슴으로 느낄 수 있는 사랑의 감정을 유일하게 느낄 수 있는 시간, 바로 청춘이다.

이런 청춘 속에서 사랑의 배신을 당하는 사람들이 있다. 청춘을 이용, 젊음을 이용, 많은 사람이 사랑으로 위장한 욕망에 배신을 당한다. 나도, 어느 누구도 한 번쯤 청춘의 순수에 속아 상처받고 아파했을 것이다.

그런 순수한 누군가를 위해 재원이와 나는 서로가 경험한 동성을 보며 느낀 사랑의 위배를 나열해 보기로 했다.

청춘은 아름다워야 한다. 눈물조차 고귀해야 한다.

이 글을 보며 부디 아픈 사랑을 피해갈 수 있길 간절하게 바란다.

이런 여자는 안 된다.

1. '남자는…'이라는 말을 되풀이 하는 여자

남성에 대한 의존도가 높은 사람입니다.

2. 명품에 관심 있는 여자

타인에게 보이고 싶어 하는 욕구가 강한 여자입니다.

3. 2주일 정도 보았을 때, 같은 옷을 입지 않는 여자

총 14벌입니다. 한 계절에 14벌 이상을 소유한 것입니다. 그렇다면? 소비가

지나치게 많다는 것입니다.

4. 술을 좋아하는 여자

많은 부분 힘들어집니다. 남자든 여자든 술을 좋아하면 의지가 약해집니다.

5. 수많은 연락처를 보유한 여자

말이 많습니다. 이성만 생각하지 말고 동성 연락처가 많아도 문제가 됩니

다. 남자와는 다른 부분입니다.

6. 음식을 남기는 여자

타인의 소중함을 모릅니다.

7. 이성에게 딩징의 현실을 요구하는 여자

현실이란 대부분 구질구질합니다. 백마 탄 왕자를 바라는 여자는 사랑의

결실보다는 눈에 보이는 것들에 현혹됩니다.

8. 적금 통장이 없는 여자

결혼을 해서도 절대 돈을 모으지 않습니다. 확실한 통계입니다.

9. 부모님께 소홀한 여자

한 달에 한 번 자신의 부모님께 외식을 시켜 주지 않는 여자는 아무리 예쁘다 한들 바라볼 가치가 없습니다.

10. 외모가 뛰어난 여자

셰익스피어는 유명한 바람둥이였습니다. 그 바람둥이의 조언이 바로 '아름다운 여자를 아내로 둔 남자는 불행하다'였습니다.

꼭 만나야 하는 여자

1. 남자에게 응원을 아끼지 않는 여자

남자는 여자의 행동에 상상 이상의 능력을 발휘합니다. 온달과 평강공주를 기억하세요.

2. 그늘에서 쉬지 않는 여자

땡볕에서 자동차가 고장 나면, 아무것도 모르더라도 옆에서 함께 있어 주는 여자, 텐트를 치는데 옆에서 설명서를 읽어주는 여자를 만나세요. 그 여자는 이미 당신과 하나입니다.

3. 요리를 좋아하는 여자

요리를 좋아하는 여자는 절대 바람나지 않습니다. 중요한 것은 아무리 맛

없는 요리도 당신은 지상 최고의 요리라 생각하고 항상 감사해야 합니다.

여자에게 요리의 취미를 잃게 만드는 것은 대부분 남자들의 책임이 큽니다.

이 말은즉, 여자의 바람 역시 남자의 책임이 크다는 것입니다.

4. 명품 지갑이 없는 여자

대부분의 여성이 명품지갑을 들고 다닙니다. 명품지갑을 들고 다니지 않는 여자와 만나면 일생이 행복합니다.

5. 자기투자와 사치를 구분하는 여자

좋은 옷, 좋은 액세서리를 갖는 것을 자기투자라 믿는 멍청한 여자는 만나면 일생이 괴롭습니다.

6. 아이에게 다정한 여자

대부분의 여자들이 아이에게만큼은 천사가 됩니다. 아이를 싫어한다면 절대 결혼해서는 안 됩니다.

7. 부모님께 전화가 자주 오는 여자, 부모님과의 통화에서 짜증내지 않는 여자

부모님에게 전화가 자주 온다는 것은 아주 좋은 일입니다. 당신과 함께 있는 시간이 줄어들지만 원망하지 마세요. 당신의 원망은 책임의식의 결여에서 나오는 행동입니다. 결혼을 생각하는 여자라면 부모님께 자주 전화 오는 여자를 좋아하게 될 것입니다.

8. 남자의 5년 후를 믿어주는 여자

5년 후의 당신을 믿고 함께하는 여자를 만나세요. 그 5년이라는 시간, 함께 고생하면서도 웃을 수 있는 사람이 진정한 사랑입니다.

9. 한 번씀은 먼서 사랑한다 밀하는 어자

언제나 먼저 말하길 요구하는 여자는 안 됩니다. 언제나 받기만을 원하는 여자입니다.

10. 소설을 좋아하는 여자

감수성이 풍부합니다. 태어나서 지금까지 문학을 좋아하는 여자치고 나쁜 여자를 본 적이 없습니다. 눈물이라는 진실을 아는 여자입니다.

마지막으로 이런 여자는 세상에 없습니다. 서로가 만나서 바꿔나가는 것입니다.

 당신 내게 물었죠.
'왜 그렇게 자신을 숨기며 살아가느냐'고.
'나는 내가 두렵습니다. 그리고…. 내 모습을 바라보는 측은한 눈빛과 안쓰러움의 손짓이 싫습니다. 그래서입니다' 내가 당신을 떠난 이유는….

타인의 희생을
강요하지 말자

소재원

이별을 한 나는 불면증으로 시달렸다. 오랜 시간 나를 응원해준 한 여자를 떠나야 한다는 사실이 믿기지 않았다. 사실이 아니라는 생각으로 이별 첫날은 편안한 잠에 빠져들었다. 다음날이면 어김없이 우리는 통화를 하고 저녁에 만나 영화를 보고 밥을 먹을 것이다 믿어 의심치 않았다. 아침이 밝아오고 그녀는 내 전화를 받지 않았다. 오후가 되는 시간까지 쉬지 않고 전화를 걸었지만 돌아오는 건 친절한 안내멘트뿐이었다. 오후 2시 잠시 전화기가 꺼지더니 얼마 지나지 않아 없는 번호라는 멘트가 잔인하게 내 귓가에 들려왔다. 그때서야 나는 비로소 눈물이 흘러나오기 시작했다.

한 달 동안 제대로 된 밥을 먹지 못했다. 다이어트를 원한 것도 아닌데 살은 급격하게 빠져갔다. 술이 인생이고 인생이 술이었다. 비몽사몽한 상태로 술만 들이붓다가 위궤양이 찾아왔다. 제정신으로 세상을 살아갈 수 없었다. 미칠 듯한 가슴은 불면증을 곁에 두게 했다. 세상이 아무런

185

의미가 없었다. 죽으려 결심을 해보기도 했다. 혹시나 '소재원 작가의 자살!'이라는 기사가 인터넷 포털에 뜬다면 한 번은 나를 찾아와 주지 않을까 하는 마음까지 찾아왔던 것이다.

그녀의 집에 찾아갔다가 함께 살고 있는 친구에게 매정한 소리도 들어야 했다. 조금씩 포기하는 방법을 배워야 했다. 이별은 순간이지만 그리움은 오랜 시간 지속되었다.

어김없이 불면증으로 고생하고 있었다.

누군가와 통화는 해야겠고 늦은 새벽 내 전화를 받아 줄 사람은 딱 한 사람뿐이었다.

낸시랭!

그녀에게 전화를 급하게 걸었다. 온갖 힘겨움을 배설해야 그나마 조금이라도 잠에 빠져들 것 같았다. 새벽 5시, 그녀는 잠에 빠져 있었다. 잠에서 덜 깬 목소리로 전화를 받았다.

"누나, 나 너무 힘들어요."

내 말에 그녀는 냉혹하게 말했다. 이별을 알고 있었던 그녀였다.

"넌 사랑할 자격이 없었던 거야."

"왜요?"

"소홀했잖아."

"사랑했어요. 나를 왜 그렇게 내몰아요!"

내가 소리쳤다. 위로는커녕 따끔한 질책만 들려주는 그녀가 원망스러웠다. 하지만 그녀의 다음 이야기는 내가 인정할 수밖에 없는 현실적 사랑을 이야기했다. 부끄러웠다. 그녀의 이야기가 터져나오자 전화를 끊고 싫어졌다.

그리고 스스로 의문이 들었다. '나는 그녀를 사랑했던가!'라는.

"사랑을 하려거든 부모님이 나를 용서하는 이해심을 뛰어넘는 인내와 너그러움을 먼저 배웠어야지. 그럼 헤어지지 않아. 너는 그랬었던가?"

그러지 못했다. 이해하지 못했고 인내하지도 않았으며 너그럽지도 못했다.

오히려 그녀에게 이해하라 했으며 인내하라 강요했고 너그러워지라 탓했다.

 사랑이 찾아왔습니다. 단 하나만 약속했습니다. 나는 내 살에 당신의 눈물이 닿는 일이 가장 싫을 것 같아. '절대 내 살에 당신의 눈물을 묻히지 않을 거야.'라고.

그와 통화를 하면서 잠에서 깨어났다. 오랜만에 단잠을 빼앗은 그가 원망스러웠지만 어찌할 수 없었다. 그는 아파하고 있었고 누군가를 찾아야 했다. 이별의 행위에 가장 어울리는 것은 술이라 생각하는 바보 같은 사람들이 많다. 그도 그런 바보 중 하나였다. 술에 취한 목소리가 감정을 꽤나 증폭시켰나보다.

나는 술과 이별은 상극이라 말하고 싶다. 맨정신으로 견뎌낼 수 없는 이별을 제정신이 아닌 상태로 견뎌낸다는 것은 미친 짓이다. 유일한 방법은 누군가와 지칠 때까지 통화하는 방법뿐이다. 지쳐 쓰러질 정도로 통화를 하다 보면 어느 순간 잠에 빠진다. 며칠을 연달아 습관적으로 이렇게 살다 보면 어느새 사람들은 헤어진 연인의 이야기보다 쇼핑이나, 공연, 다른 일들에 대한 수다를 떨게 된다. 그때까지만 버텨내면 되는 것이 바로 이별이다.

말은 쉽다. 말만 쉽다. 계획한, 다짐한 방법대로 이별을 할 수 있다면 눈물은 없었을 것이다.

나는 그의 이야기를 듣다가 말했다.

"사람들은 상대에게 왜 희생을 강요하는 걸까?"

"그러게요. 사랑은 이기적인 것이 아닌데, 스스로의 희생으로 빛나는 것이 사랑일 텐데."

"모순이다."

"짜증나요."

Hit The Ball

"어떻게 하면 스스로 희생하는 사랑을 할 수 있을까?"

내 물음에 그가 웃는다. 미친 사람처럼 낄낄거리며 웃고 있다. '내가 왜 웃어?'라고 물었다. 그는 배꼽이 빠져나갈 것 같은 웃음 속에 말했다.

"강아지를 기른다 생각하면 될 것 같아요?"

"뭐? 강아지?"

그가 좀 전과는 다르게 갑자기 웃음을 멈추고는 말을 이었다.

"강아지에게 무엇을 바라고 그렇게 잘해주고 먹이나 여타 다른 것들을 사주지 않지요. 그저 강아지를 좋아하기에 그러하지요. 사랑하는 사람에게도 무언가를 바라지 않고 헌신적으로 한다면… 어때요? 내 말이 맞지요? 그런데 자존심 상해요. 그래도 강아지보다는 사랑하는 한 사람이 더 소중하잖아요. 그런데 우리는 사랑하는 사람에게 개만도 못한 취급을 하고 받잖아요."

 이별을 원망하지 마십시오. 이별을 만든 것은 당신입니다. 이별에 타인을 욕하지 마십시오. 혼자서 하는 이별은 존재하지 않습니다.

관심, 미련

소재원

이별 후, 나는 그녀에게 모든 일을 상담했다. 그녀가 말했다.

"재원아, 너는 얼마나 연인에 대해 알고 있었어?"

나는 자신 있게 떠들어대기 시작했다.

"그녀는요. 뜨거운 음식을 먹을 때 오른쪽 눈을 살짝 감아요. 가끔 왼쪽 눈을 이유 없이 찡그리며 자신도 모르게 윙크를 하는 버릇도 있어요. 신발을 신을 땐 오른발을 먼저 신고, 밥을 먹을 땐 반찬을 먼저 먹은 다음 밥을 먹어요. 당황할 때면, 오른쪽 입술을 깨물죠. 항상 지갑에는 5만 원의 현찰을 들고 다녀요. 신용카드는 3장, 안에 들어 있는 할인카드나 적립카드는 9장이나 돼요. 큰 가방을 좋아하고, 핑크색을 좋아해요. 후추를 못 먹고 매운 것을 못 먹어요. 오른손을 잡는 것을 좋아하고, 걸을 때 내가 반 박자 늦게 걸어야 걸음걸이가 서로 맞아요. 술을 먹으면 눈가가 촉촉해져요. 멜로 영화를 좋아하고 화려한 액션 영화도 좋아해요. 항상 왼쪽 어깨로만 가방을 메고, 커피를 하루 2번 이상 마시지요. 신발 사이즈는 225, 55사이즈의 옷을 입어요. 무릎 정도 오는 치마를 좋아하고, 찰랑거리는 치마를 선호해요. 추울 때는 아랫입술을 깨물고 오들오들 떨어요. 하품을 하기 전 눈에 먼저 눈물이 가득 고여요. 앉을 때에는 언제나 오른손으로 치마를 가다듬고, 항상 나는 오른쪽에 앉아야 돼요. 자동차 사이드는 항상 올려놓고, 라이트는 언제나 자동으로 해놓지요. 아! 백미러는 언제나 접어놓아요. 브레이크를 밟는 속도가 조금 늦어서 앞차와 간격이 언제나 아슬아슬해요. 입을 오물오물 거리는 것은 배가 고프다는 신호예요. 자기도 모르게 그런 행동을 보이지요. 주위를 두리번거리는 것은 기분이 별로 좋지 않다는 신호고, 내 볼을 잡아당길 때에는 기분이 좋다는 신호예요."

그녀가 내 말을 듣고는 아주 간단한 질문을 내던졌다. 나는 그제야 내가 이별할 수밖에 없었던 이유를 깨닫게 되었다.

"그런 자질구레한 것들 말고, 애인이 가장 슬퍼하는 일은? 애인 가장 기뻐하는 일은? 애인이 가장 좋아하는 음식 다섯 가지는? 애인이 가장 의지하는 친구는? 현재 어떤 상황에 힘들어하는지는 알았어?"

나는 아무 말도 할 수 없었다.

그리움이라 말하기에는 너무 크고, 사랑이라 말하기에는 너무 작습니다.
이 감정을 뭐라 할까요?
왜 사람들은 이 감정에 단어를 정하지 않았을까요?
문득 궁금해집니다.
아마도 존재하지 않기 때문일 것입니다. 단어는 무언가가 존재하기에 존재하는 것이니까.

한동안 이별에 힘들어했던 그가 조금씩 정신을 차리기 시작했다. 나는 그가 옛 연인에 대한 행동들을 즐거운 듯이 말하는 모습을 보며 나역시 옛 사람을 떠올려 보았다.

그는 어떤 행동을 했었을까?

아무것도 떠오르지 않았다.

이미 차가워진 심장 때문일까? 아니면 애초에 관심이 없었던 것일까? 기억해내려 하면 할수록 점점 멀어지는 기분이었다. 이제 옛 사랑의 얼굴조차 가물가물했다.

그에게 물었다.

"나는 하나도 기억나지 않아. 내가 너에게 말했지. 연인이 가장 힘들어했던 일이 뭐냐고. 나도 잘 모르겠다. 너에게 반문했던 모든 것들을 나도 모르고 살았던 걸까?"

그가 웃었다.

"누나, 아주 간단해요. 누나는 이별을 받아들인 거예요. 미련이 없으니 잊힌 거예요. 나같이 미련이 남은 사람만 힘들어하고 기억하죠. 누나, 기억나지 않는다는 건 그만큼 후회 없이 사랑했다는 반증입니다."

미련. 그렇다. 나는 사랑에 거짓이었던 적이 없다. 진실했고 솔직했다. 이별이 찾아옴에 두려워했던 감정들도 금세 지나갔다. 청춘에 있어 경계는 금물이라 생각했다. 믿었고 포용했고 사랑했다. 충실했기에 나는 떠나보냄에 당혹해하지 않았다.

우리가 아쉬워한다는 것은 충분히 즐기지 못했다는 증거다.

후회 없이 사랑하자.

후회 없이 이별하자.

청춘이 준 특권을 마음껏 누리자.

청춘은 사랑의 상처를 빨리 치유한다.

대신, 청춘에 충실했던 사랑만을 치유한다.

우리 청춘을 담보로 사랑하자.

같은 다짐으로 서로를 사랑한다면 이별이란 치욕은 우리에게 다가오지 않을 것이니.

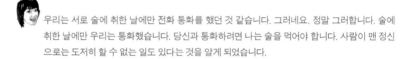 우리는 서로 술에 취한 날에만 전화 통화를 했던 것 같습니다. 그러네요. 정말 그러합니다. 술에 취한 날에만 우리는 통화했습니다. 당신과 통화하려면 나는 술을 먹어야 합니다. 사람이 맨 정신으로는 도저히 할 수 없는 일도 있다는 것을 알게 되었습니다.

청춘이여~
이렇게 사랑하라

소재원

20대, 사랑의 가장 큰 장점은 바로 두려움이 없다는 것이다. 과감하고 극단적인 적극성을 가지고 있다. 집착에 대한 정도를 넘어서는 경우도 있고 이별을 서슴없이 결정하고 상처에 빠른 회복력을 보이기도 한다. 20대의 순수는 시간이 지날수록 사라져 버린다. 이별을 경험할수록 사람은 조금씩 변화하고 실패한 사랑에게 배움을 얻는다. 이별의 횟수가 많아질수록 계산적인 사고를 하게 되고 사랑이라는 이름은 퇴색된다.

사랑을 남발하는 것이 청춘의 특권은 아니다. 누군가를 만날 때 10년 후의 모습을 그려보자. 순수를 지킨 사랑을 안고 10년 후에도 상대와 동행할 자신이 있는지를 따져보자. 사람들은 굉장히 어리석은 믿음을 가지고 살아간다. 사랑이 떠나면 다시 다른 사랑이 찾아올 거라는 확신, 굉장히 위험한 생각이다.

세월이 흐를수록 사랑은 어려워진다. 청춘은 초등학교 수학과 같은 단순한 사랑을 선물했다면 세월은 고등학교 수학과 같은 복잡한 사랑을 우리에게 가져다준다.

청춘이 준 사랑을 지켜라. 복잡 미묘한 감정이 사랑이라 말하는 자들이 있다. 아니다. 사랑은 아주 단순하다. 무식한 사랑에 만족도는 높아진다. 머리싸움은 세상과 충분히 해나갈 것이다. 사랑 앞에서만큼은 복잡함을 버려라. 생각을 버려라. 오로지 가슴이 시키는 대로 움직여라.

 사랑에 행복해 하지 않은 이, 이별에 아파하지 않은 이. 누가 있을까요? 그런데 왜 이렇게 나만 아프고 힘든 고독과 같은 것일까요? 아! 아! 그저 바라보는 것으로 만족해야 했습니다. 그녀가 오늘밤 술에 취하길…. 술 취한 밤이면 언제나 나를 찾을 것임에.

30대가 되면서부터 사랑에 두려움이 앞서게 됐다. 생각이 많아지고 호감이 찾아오더라도 경계가 먼저 앞질러 다가감을 막아선다. 사람들의 감정 중 본능에 가장 충실한 것이 바로 사랑이다.

사랑의 상대를 만나게 되면 예전에는 따지지 않았던 조건들을 나열해 본다.

어떤 일을 하는 사람이지?

대학은 어디 나왔을까?

어떤 집안일까?

재산은 얼마나 되지?

형제는 어떻게 될까?

문득 이런 조건적인 것들을 고민하는 나를 바라보며 반문했다.

어떤 일을 하는지에 따라 사랑 찾아오는 것일까?

좋은 대학을 나오면 사랑에 빠지는 것일까?

좋은 집안에서 자랐으면 사랑이 다가오는 걸까?

재산이 많으면 사랑이 커지는 것일까?

형제 관계를 알면 사랑을 할 수 있는 것일까?

청춘을 배신한 내 가슴이 미웠다. 이제 결혼을 생각할 나이가 되니 다른 누군가처럼 철저한 계산을 하고 있는 나를 바라보자니 혐오스러웠다.

우리는 어쩌면 사랑을 위장한 든든한 후원자를 원하는 것은 아닐까?

'결혼은 현실이다!'라고 외치는 사람들이 있다. 뭐가 현실일까? 오로지 사랑만으로 살아갈 수 있다 믿는 자에게는 사랑은 현실이고, 돈이 많아야 살아갈 수 있다고 믿는 사람에게는 돈이 현실이다. 현실! 그래 결혼은 현실이다. 사랑만으로 살아가는 나에게는 사랑 자체가 현실인 것이다.

사람들은 조건도 일부가 되어야 한다 말한다. 그러면서 그들은 로맨스 소설을 좋아하고 예쁜 글귀들을 좋아한다. 충족되지 않은 순수함을 바라는 것이다. 순수한 사랑을 버린 건 바로 그들이다. 끼워 맞추는 식의 조건들로 결혼하고 살아가며 애절한 드라마를 좋아하는 이중성. 현실에서 도피하려는 그들을 보며 안타까운 마음이 생겨났다.

'결혼은 현실이다!'라고 외치며 미친 듯이 현실에서 도망치려 하는 그들의 충고를 나는 과연 들어야 하는 것일까?

사랑하는 사람이 기다리고 있는 방이 있습니다. 그 방문을 열 수 있는 열쇠를 얻으려면 우리는 지난 그리움과 사랑을 버려야 합니다. 기억의 잔류가 남아 있는 한, 우리는 방문을 평생 열 수 없을지도 모르겠습니다. 버리세요. 새로운 사랑을 위해.

사랑의 장애물

소재원

사랑에 있어서 장애물은 바로 주위 사람들이다. 성격이 다르듯 사랑하는 방식도 제각각이다. 그런데 사람들은 다른 사람의 사랑에 자신의 주관적인 방식을 주입하려 한다. 사랑에 있어서 모두가 박사이고 철학자이다. 나와 사랑하는 사람, 이외에 다른 사람들의 의견은 가치가 없다. 누가 대신 해줄 수 없는 사랑에 누군가의 주장이 필요할까?

"당장 헤어져. 그런 사람 별로다."

이런 식의 이야기를 하는 사람이 과연 자신의 사랑에도 쉽게 결단적인 말을 내뱉을 수 있을까? 모든 인생에 조언은 중요하다. 청춘은 조언을 무기 삼아 실패를 줄여야 한다. 하지만 유일하게 사랑에서만큼은 모든 사람의 의견을 배제해야 한다.

사랑은 정답이 없다. 정답을 찾으려 사랑에 대해 배움을 얻고자 한다면 삼자가 아닌 그대와 사랑을 나누고 있는 상대에게 찾아라.

누군가에게 사랑을 묻는 일만큼 멍청한 짓거리는 없다.

애인을 만났을 때 기념일을 기념하려 사람들에게 조언을 구했었다. 이벤트를 철저하게 준비했지만 상대는 기뻐하지 않았다. 기뻐하는 척을 했을 뿐이었다.

그녀에게 줄 선물을 왜 다른 사람들에게 물어보고 다녔을까? 그녀를 위한 이벤트인데 왜 다른 사람에게 어떤 이벤트가 좋은지를 설문조사했을까?

내가 사랑하는 그녀의 의견은 완벽하게 외면하고 말이다.

나는 언제나 바람과 같은 사람을 만났습니다. 땀을 흘려 지쳐 있는 나에게 항상 시원한 바람이었던 사람들. 그런데 그 바람을 느끼며 눈을 감고 나른함을 즐기려 하면 어느 순간 지나가버리는 것이었습니다. 당신은 내게 태풍이었으면 합니다.

서른 살, 마지막으로 평생의 배우자를 찾을 수 있는 청춘이 준 기회의 시간.

사랑의 장애물 중 가장 큰 난관은 바로 나이이다. 나이는 선택의 폭을 좁히고 초조함을 유지시킨다. 여자는 더욱 그렇다. 결혼이라는 생각을 하루에 한 번은 하게 되는 나이, 주위 친구들이 결혼을 하게 되면서 외로워지는 나이, 질투와 노처녀히스테리가 서서히 생기는 나이가 바로 서른 살이다.

나는 결혼에 대해 진지하게 생각해 본 적이 없었다. '어떻게 되겠지'라고 생각하며 살아온 나날이 다른 사람들에 비해 길었다. 청춘은 사랑을 즐기는 것이라 여겼다. 하지만 내가 틀렸다. 청춘은 사랑을 즐기는 것이 아닌 준비하는 날들이었던 것이다.

사랑에 있어서 장애물이 되어 버린 나이가 되고 나니 두려워졌다. 여자 나이 30살을 넘기면 누구나 공감하는 이야기일 것이다.

그럼 이 장애물을 어떻게 해야 할까? 꼬리표처럼 따라다니는 주민등록번호 앞자리를 바꿔버릴 수도 없는 노릇 아닌가!

나는 어떻게 극복해야 할지에 대해서 늘 고민했다. 어느 날 이런 고민을 아무개에게 털어 놓았다. 나와 동갑인 친구였다. 그녀도 나와 똑같은 고민에 빠져 있었다.

"니이가 문제야. 어떻게 하지?"

내가 그녀에게 물었다. 그녀는 잠시 향긋한 커피 향을 음미하더니 동문서답과 같은 이야기를 꺼냈다.

"나이는 여자에게 최고의 무기가 될 수도 있지만 최악의 약점이 될 수 있는 것 같아. 그런데 시랭아! 우리가 왜 이렇게 초조해 하는 거지? 숫자에 너무 목매달고 있는 건 아닐까?"

그녀의 말에 마음이 차분하게 가라앉았다. 대한민국 여성들의 결혼 적령기가 28살에서 30살이라고 한다. 그런데 이 시기에 결혼하는 사람들이 얼마나 될까? 대부분 30살에서 35살 사이에 결혼을 하는 경우가 더 많다. 우리는 사람들이 정해 놓은 숫자와 적령기라는 말에 중독되어 살아왔다.

장애물은 나이가 아니었다. 사람들이 정한 룰이 장애물이었던 것이다. 법으로 정해 놓은 것도 아닌 것들로 인해서 쓸데없는 스트레스만 쌓여간 것이다. 지금 결혼하지 않으면 평생 혼자 살아야 한다는 두려움이 만들어낸 싸구려적인 압박감.

30대 청춘 여자들에게 말하고 싶다. 우리 스스로가 만들어낸 보이지 않는 규칙을 과감하게 버리자. 우리들이 스스로 감옥을 만들고 제 발로 걸어 들어가 감금되는 바보 같은 짓으로 힘들어하지 말자.

 조금만 더 있다가 통화할 걸 그랬어요. 그럼 아무렇지 않게 통화를 이어갈 수 있었을 텐데.

청춘의 이별 대처법

소재원

    나는 20대에 다섯 명의 여자와 사랑에 빠졌다. 역설적으로 다섯 번의 이별을 맞이하기도 했다. 사랑하는 일보다 이별은 몇 배나 더 힘들다. 웬만해서는 이별을 만들지 말아야겠지만 뜻하지 않게 이별이 불쑥 찾아오는 경우는 누구에게나 존재한다.

    그대들 중 이별하지 않은 사람이 있는가? 이별 경험이 없다는 것은 가장 아름다운 축복이겠지만 사실상 불가능한 일이다.

    이별 후에 찾아오는 고통은 이루 말할 수 없다. 세상에 가벼운 이별은 존재하지 않으니, 그렇다고 이별을 준비하고 있으라는 이야기는 아니다. 이별의 대처는 더욱 사랑하고 상대를 평생 곁에 두는 일이 가장 현명하고 제대로 된 방법이겠지만, 사랑에 서툰 청춘은 반드시 한 번은 이별을 경험하게 돼 있다.

    우리는 이별의 아픔을 빠르게 해결해야 한다. 이별이라는 이름으로 행하여지는 그리움과 후회는 아름답지 않다. 이별 후에 성숙해진다는 말은 거짓말이다. 이별은 성숙보다는 현실을 직시하게 만들고 사랑의 환상을 앗아간다.

그렇다면 어떻게 이별에 적절한 대처를 할 수 있는 것일까?

사람들은 이별 후에 항상 하는 일들이 있다. 마시지도 못하는 술을 마신다거나 눈물을 빼는 일이다. 나도 그랬고 다른 누구도 그랬다. 이별을 경험한 사람들이 찾는 것은 자연스럽게 주위 친구들과 술이었다. 하지만 아무런 도움도 안 된다. 다음날이면 속만 아프고 더 진한 그리움이 찾아들어와 있다.

이별 후에는 정신없이 살아가는 일이 제일이다. 아픔을 내뱉지도 말고 그저 하루를 바쁘게 살아가라. 자신을 위한 투자에 과감해져라. 아침에 눈을 뜨면 제일 먼저 운동을 가라. 공복 상태의 운동은 아주 좋은 효과가 있다. 운동 후에 절대 집으로 귀가는 금지한다. 집으로 귀가를 하게 될 경우 공허함을 달랠 길이 없어진다. 청춘이라면 아직 직장이 없거나 학업에 열중하는 사람들이 대부분일 것이다. 직장이 있다면 모든 일을 도맡아서 하고 직장동료와 쓸데없는 수다를 떨어 버리는 것으로 대신할 수 있겠지만, 그런 여건이 아니라면 핸드폰 사용을 늘리는 수밖에 없다.

가상의 애인을 만드는 것이 가장 중요하다. 동성이든 이성이든 가상애인과 입이 지칠 때까지 통화해라. 절대 지금 힘든 일들을 위로 받으려 하지 마라. 쓸데없는 이야기들로 시간을 때워라.

그래도 사랑이었다. 사랑이었기에 위로 받아야 한다. 그리움이 참을 수 없을 만큼 진해졌을 때 심리치료사를 찾아가라. 돈이 없다고 투정하지 마라. 술 한 번 먹지 않으면 심리 상담을 두 번 받을 수 있는 돈이 된다.

심리상담은 아주 효과적이다. 이별에 대한 이유를 나열하면 심리치료사들은 적절한 심리적 해결방법을 제시한다. 나 역시 미술심리치료를 공부한 학도로서 이별에 대한 이야기들을 누군가가 전해온다면 남자와 여자의 적절한 심리를 이용하여 말을 한다. '그 남자는 애초당시 당신에게는 사랑이 아니었으며 지금의 상황은 모성애적인 슬픔이다'라는 적절한 예시를 들기도 하고 해결책을 제시한다.

혼자 술로 버텨내는 이별은 대략 한 달 정도 유지된다. 하지만 심리치료사를 찾아가면 2주를 넘기지 않는다. 이별을 한 주위 모든 사람에게 나는 심리치료사를 찾아갈 것을 추천한다. 정신과와는 완전히 다른 분야이며 환자들이 가는 공간이 아니다. 그저 힘든 것들에 대한 해결책을 제시할 수 있는 사람을 찾는 것이니 부담 가질 필요가 없다.

자! 쉽게 생각해보자. 떠나보내면 안 되지만 어차피 떠나버린 사람이다. 청춘을 미련으로 부여잡기에는 너무 억울하다. 세월을 곱씹어보며 쓴웃음을 짓는 일은 청춘에 할 일이 아니라 불혹의 나이가 되어 마음껏 회상해도 늦지 않는다.

"나는 천사야."
그녀가 말했습니다.
"그런데 왜 날개가 없어?"
내가 묻자 그녀가 해맑게 대답했습니다.
"배가 고파서 먹어 버렸어."
"하하하! 날개가 없으니 다행이다. 안 그랬으면 날아갔을 거 아니야."
그런데 그녀, 날개가 다시 자랐었나봅니다. 내가 모르는 사이에 조금씩 자라났었나봅니다.

이별은 사람을 무기력하게 만든다. 밥도 먹기 싫고 잠도 자기 싫다. 자신을 학대하는 일이 자연스러워지는 잔인한 감정이다. 이별 후유증은 나이를 먹을수록 증상이 강하게 나타나고, 앓이를 하는 시간도 길어진다. 왜일까? 아마도 새로운 만남의 회전이 예전과는 다르게 확연히 줄어들기 때문일 것이다.

한국에는 이런 말이 있다. "이별은 새로운 사랑으로 치료해야 된다"고. 정답이다. 하지만 새로운 사랑은 30대를 넘기면서 쉽게 찾아오지도 않을뿐더러 예전과 같은 용기와 결단력도 사라지게 된다.

30대 이별의 대처란? 조금씩 새벽에 누군가에게 전화를 하는 일이 부담스러워지는 나이가 되고 나니 쉽게 방법을 찾을 수 없다. 혼자 방안에서 홀짝홀짝 술을 먹는 추태를 부리는 일도 잦아진다. 남몰래 눈물을 빼거나 수십 번도 핸드폰을 열었다 닫았다를 반복한다.

이런 싸구려 감정의 노예가 될 바에는 차라리 당당하게 이겨내겠다고 다짐을 하지만 결국은 똑같은 짓거리를 반복한다.

시간이 지날수록 이별은 고역스럽다. 그렇다면 우리는 어떻게 이별을 이겨내야 할까?

추억을 정리하는 일 따위는 해결책이 되지 못한다. 오히려 헤어진 사람을 찾고 싶어지는 미련만이 남을 뿐이다.

당당해져라! 당당하게 이별을 받아들여라. 눈물을 흘리지도 말고 아파하지도 말고 이를 악물고 앞으로 나아가자. 30대는 청춘이 많이 남아 있지 않다. 청춘을 마지막으로 소비하는 때에 열렬한 사랑으로 쏟아 부어도 모자랄 판이다.

무조건 앞으로 나아가자. 회상하는 일 따위에 낭비하는 시간은 그만큼 청춘을 소모하고 만다. 아프더라도, 죽고 싶을 정도로 힘겹더라도, 일어나야 한다. 가끔 이런 내가 쓸쓸하고 불쌍해 보일지라도 끝까지 나아가야 한다. 앞으로 걸어가고 걸어가다 보면 이별은 현실이 아닌 지난날이 된다. 그때까지 무작정 앞만 보고 뛰어가자.

지금 당장 힘든 일들을 찾아보자. 적금, 다음 달에 내야 할 카드 값, 승진시험, 앞으로 발전해야 할 나의 모습들에 대한 계획을 세우고 무작정 달려가자.

이별이 과거가 되고 지나온 길이 될 때까지.

 꿈이라고 생각해요. 왜 그런 거 있잖아요. 그냥 잠깐 자고 일어났는데 행복한 꿈을 꾸어서 절로 미소가 지어지는 거. 그런 꿈을 우리 꾸었다고 생각해요. 일어나면 현실 속에는 존재하지 않는 사람들이라 생각해요. 우린 세상에서 함께할 수 없는 사람들이니까요.

당신은 얼마나 많은 기회를 가지고 있나요?

소재원

나는 정말 못된 사람인지라 가슴에 핀 장미가 다섯 송이밖에 되지 않았다. 마음도 마르고 촉촉한 눈물도 말라 겨우 다섯 송이의 장미만이 가슴 안에 피어났다. 첫 번째 장미는 내가 20살 때 꺾여나갔다. 아직 활짝 피지 못한 봉우리인지라 그 장미를 꺾어간 사람은 미련 없이 봉우리밖에 없는 장미를 바닥에 버려버렸다. 두 번째 장미는 스물세 살, 막 봉우리가 꽃을 피울 무렵 꺾여나갔다. 아직은 작은 꽃인지라 그 사람, 다른 큰 장미에 유혹되어 처참하게 버려졌다. 세 번째 장미는 스물다섯 살, 꺾여나갔다. 꽃병에 아름답게 자리 잡고 있었지만, 제때 물을 갈아주지 않아 꽃은 조금씩 시들어갔다. 네 번째 장미는 가장 아름다움을 뽐내는 시절인 26살에 꺾여나갔다. 헌데, 너무 향기로운 꽃의 향기가 오래 맡으니 지독해졌을까요? 두통이 온다며 아무렇지 않게 버렸다. 이제 내게 남은 꽃은 한 송이뿐이다. 아쉽게도 마지막 남겨진 장미를 누군가에게 어떻게 줘야 하는지 두려움만 앞서게 되었다. 이 장미마저 사라진다면 다른 사랑을 시작할 수 없다는 좌절만이 나를 감싸 안을 것 같았다.

여러분, 여러분의 장미는 몇 송이나 자라나고 있는지요?

청춘이 선물한 장미가 몇 송이나 되는지요?

아낌없이 주시길 바랍니다. 가슴속에 자라나는 장미가 풍성하길 바랍니다.

성숙하지 못한 장미를 상대에게 건네기보다는 붉은 색이 만발한 장미를 선물하시길 바랍니다.

 "그 사람을 소재로 글을 써보지 그래?"
아무개가 말했습니다.
"아니, 못해. 내 지독한 개인적 감정만 들어갈 테니까. 그런 거 있잖아. 천하에 용서 받지 못할 죄를 저질렀는데 말도 안 되게 그 사람을 옹호하는 것. 나도 그럴 거 같아. 절대 공감 가지도, 논리적이지도, 감상적이지도 않은 지독하게 이기적인 글."

"가슴속에 자라나는 나무가 있어. 너무 오래되어서 뿌리가 너무 깊이 박혀 있어. 그걸 뽑아버리면 내가 죽어."

내 가슴속의 나무에 대해 절친에게 말했다.

"그 나무의 주인이 누구야?"

절친이 물었다.

"나도 모르게 다가왔던 사람이었어. 나도 모르게 내 마음 안에 씨앗을 뿌리고 뿌리를 내렸어. 나무가 작았을 땐 몰랐는데 시간이 갈수록 그 뿌리가 점점 깊숙이 박혀 버렸어."

"그 나무 평생을 가는 건가?"

"그렇지는 않을 거 같아. 이 나무가 열매를 맺을 거야. 그럼 이 나무는 더 이상 내게 쓸모가 없어지지. 지금 나는 이 나무가 열매를 맺길 기다리는 거야. 그래서 다른 사람이 이 나무의 아름다움에 반해 버릴 때까지. 그때까지는 거름도 주고 물도 줘야겠지."

"그 나무, 잔인하다."

"아니, 내가 잔인한 거야. 나무는 빨리 자신을 베어버리길 원하는데 나는 그렇게 하지 못하고 있거든."

내 사랑은 다른 사람보다 많은 기회를 가지지 못했다. 하지만 깊은 사랑 속에 시원한 그늘을 가진 나무와 같은 사람을 만났었다. 여러 번의 기회를 찾기보다는 하나의 멋진 나무와 같은 사람을 만나는 청춘이 나에게는 행복했었다.

 당신이 물었었습니다. 얼마만큼 당신을 사랑하느냐고.
굳이 말로 표현을 해야 한다면, 세상에서 가장 거창하게 표현하고 싶습니다.
우주만큼 당신을 사랑합니다. 우주는 계속 넓어집니다. 나 역시 그러합니다.

방황

소재원

J라는 여자 연예인이 있었다. 한때는 누구보다 행복한 사랑을 했다. 하지만 뜻하지 않은 사고로 남자친구가 멀리 떠나갔고 그 뒤로 우울증에 빠져들어 술로 시름을 달래며 살아갔다. 한때 엄청난 기대주로 뽑힐 만큼 주목을 받았었지만 J는 그 뒤로 방송과 다른 활동들을 중단하고 잠적했다. 내가 J를 만난 것은 한참 방황 속에 힘들어 할 때였다. 그녀는 내 작품을 읽었던 독자였고 자신의 사연을 나에게 보내왔다. 자신이 연예인이라는 것을 숨기고 그렇게 나와 메일을 주고받게 되었다. 그런데 세상은 정말 좁다. 그녀의 이야기가 예전 내 선배의 이야기와 일치하는 부분들이 많이 있었다. 그 선배는 다름 아닌 J의 남자친구였다. 이런저런 이야기 속에 내가 아는 사람과 비슷한 분이 남자친구분과 비슷한 것 같다는 이야기를 전했다. 그렇게 시작된 이야기들은 어느새 J와 내가 한 다리를 건너 알 수 있는 사람이었다는 것을 알게 해주었다. 마침 나는 서울 근교에 집필실을 마련했던 터라 J와 술자리를 하게 되었다. 나보다 빠르게 소주

잔을 털어 넣는 사람은 아마도 J가 처음이었으리라.

J는 예전 일들에 대해 별다른 이야기를 하지 않았다. 나 역시 그리 물어보고 싶지 않았다. 그저 서로의 생활에 대해 이야기했고 습관적으로 술잔을 털어 넣는 일을 반복했다.

얼큰하게 취한 J가 말했다.

"이제 그 사람 기억도 안 나요. 처음에는 힘들어서 술을 먹기 시작했는데 지금은 버릇이 되었어요. 불면증도 처음에는 그 사람 때문에 찾아왔는데 이제 일상이 되어 버렸어요."

아침까지 술을 마신 나는 J를 집 앞까지 안전하게 마중하고는 집필실로 돌아왔다.

사랑을 하면 습관이라는 무서운 것들이 우리를 찾아온다. 이별 후에도 마찬가지다. 그런 습관들은 어느새 사랑의 행복과 이별의 아픔에서 벗어났더라도 우리 곁에서 쉽게 떠나지 않는다. 이미 모든 것은 정리되었지만 익숙해져 버린 행동들은 끝까지 집요하게 우리를 따라다닌다.

J는 원래 술을 한 잔도 하지 못하는 사람이었다. 그런 J가 술에 무섭게 적응을 하게 된 이유는 떠난 사람이 술을 잘 마셨기 때문이었다. 그 사람에게서 비롯된 술을 마시는 취미는 이별 후에 더욱 J를 매섭게 따라다녔고, 지금은 술이 자신의 일부가 되어 버렸다.

얼마나 무서운 일이던가!

선배는 잊었지만 습관은 남아 지독하게 그녀를 괴롭히고 있는 것이다.

나는 그대들에게 말하고 싶다.

사랑이 끝나는 순간 이별을 맞이하는 순간 아무것도 하지 마라. 사랑에서 비롯된 습관들을 버리고 이별의 과정에서 생겨나는 것들을 과감하게 거부해라.

옛 사람을 생각하며 행하는 습관은 평생을 쫓아다닌다. 그럼 악령과 같은 기억만이 그대들에게 잔류할 것이다.

버려라. 사랑이 끝남과 동시에 그대들은 새로운 사람으로 다시 태어나야 한다.

그녀에게 말했습니다.
"당신이 죽으면 3개월 뒤에 나도 따라 죽을 거야. 세상에 의미가 없어질 것 같거든."
"당장이 아니고 왜 3개월 뒤야?"
"우리의 사랑은 쓰고 죽어야지. 사람들이 우리가 사라져도 우리를 기억할 수 있도록. 우리의 아름다운 사랑을 기록으로 남기고 그 작품을 출판한 뒤 죽을 거야. 인세는 사회에 환원하며 우리의 사랑으로 배고픈 사람들이 사라지게 만들 거야. 그럼 우리는 죽어도 죽는 게 아니야. 우리는 사람들의 기억 속에서 영원히 사랑을 하며 살아가게 되는 거야."

이별 후에 가장 힘겨운 점은 바로 나와 사랑했던 사람을 공통적으로 알고 있는 누군가를 만날 때일 것이다.

이별의 아픔이 사라지고 난 뒤에 적당한 거리를 유지하는 상대와 공통으로 알고 있는 사람을 만날 때면 약간의 불편함이 자리 잡게 된다.

옛날이야기를 안주삼아 이야기하기도 그렇고 위로라는 것은 서로를 불편하게 만든다. 어린 시절에는 크게 상관없이 웃고 흘려보낼 수 있는 이야기도 나이가 많아지게 되면서부터는 굉장히 부담스러운 일이 되어버린다.

사회라는 것은 그런 자리를 강요한다. 강요라기보다는 피할 수 없는 선택이 된다. 군이 만나지 않아도 될 자리라면 피하겠지만 쉽지 않다. 일적으로, 아니면 어떤 무엇으로 자리를 이어가야 할 경우가 흔하게 발생한다.

또한 내가 알지 못하는 누군가를 만나도 몇 사람들과 통하다 보면 모두가 알고 있는 경우도 허다하다. 그땐 가시방석이 따로 없다.

이미 끝나버린 사이가 다른 사람 사이에서 끊임없이 오르락내리락한다는 것은 그리 좋은 일이 아니다.

서로가 잊고 빨리 다른 사랑을 찾아 떠나기도 부족한 시간에 과거의 일들로 쉴새없이 공격받는다면 사람은 누구나 지치게 된다.

우리는 과거에 대한 기억을 빨리 지워주는 것이 상대에 대한 배려라는 것을 잊지 말아야 한다. 과거를 통해 이미 지난 일들에 얼굴을 붉힌다는 것은 좋은 일이 아니다.

상대를 배려한다면 그 누구에게도 이별 후 상대의 이름을 이야기하지 말자. 처음에는 아름다웠던 서로의 감정이 변질되어 지저분한 기억이 될 수 있음을 기억하고 상대를 위해 주자.

내가 경험한 바로는 이별 후 6개월 동안 서로에게 서로의 이야기가 나오지 않는다면 삼자의 입에서 서로의 이야기가 나오는 일은 절대 존재하지 않는다.

서로의 사랑을 위한다면, 서로가 잘되길 바라는 마음이 남아 있다면 이별 후 함구하고 묻어 버리자.

다른 사람에게서 나의 이야기를 듣는다는 것, 다음 사람에게서 옛사람의 이야기를 듣는다는 것은 싸구려 로맨스 영화에서나 아름다울 수 있는 것이니.

그저 잊자. 이별과 동시에 모든 것을 잊자. 새로운 사랑을 위한다면, 적어도 자신의 미래의 사랑에게 죄를 짓고 싶지 않다면 서로를 미련 없이 놓아주자.

 떠난 뒤에 알게 되는 바보 같은 경우들이 참 많아요.
이별에 눈물이 존재한다는 것은 후회가 많기 때문이거든요.
우리 후회 없이 사랑해요.
이별 뒤에 찾아오는 퉁퉁 부은 눈의 애처로움이 싫다면.
정말 사랑하는 그 시절만큼은 상대를 위해 모든 것을 아낌없이 희생해요.
아픔으로 빛도 없는 방구석에서 처량한 모습으로 보이고 싶지 않다면.

Happy Christmas Party Alone

청춘이 준 짧은 고훈들

소재원

청춘이라는 시원한 바람을 느끼고 있었습니다. 나른하게 눈이 감겨오더라고요. 그런데 말입니다. 바람은 금방 지나갑니다. 지나가고 난 뒤에 뛰어가겠습니까? 아니면 바람이 불고 있는 동안 뛰어가겠습니까? 땀을 식혀 주는 바람이 있으니 우리 쉬지 말고 뛰어갑시다. 영원히 불어오는 바람은 없습니다.

낸시랭

높은 곳에 올라가지도 않았는데 자꾸만 아래를 내려본다 한들 뭐가 보일까요? 뒤돌아보지 마세요. 청춘이 지나간 다음 내려다보세요. 그럼 비로소 탁 트인 전경이 눈앞에 들어올 거예요. 그럼 청춘은 지나갔지만 나아가는 길이 즐거울 거예요.

소재원

어느 순간 하나의 의문이 제게 찾아왔습니다.

나는 왜 이렇게 살고 있을까? 내일이라는 오지도 않은 하루에 오늘 일을 미루고 살아가는 내가 옳은 걸까?

제 작품에서도 적었던 적이 있었던 평범한 진리, '지금하지 않으면 늦는다!'.

제가 써놓고도 방관했습니다. 저는 정말 바보였습니다.

낸시랭

어느 날 해물탕을 먹는데 눈물이 흘렀습니다.

'언제였지?'라는 생각과 함께 오래 전 먹어봤던 맛이었기 때문입니다.

누구와 먹었는지는 기억나지 않지만 엄청 슬펐던 기억이 공존하고 있었나 봅니다.

그것입니다. 기억나지는 않지만 본능이 느끼는 것.

청춘은 우리에게 이런 느낌을 수도 없이 만들어줍니다.

저와 비슷한 일을 겪는 사람들이 눈물보다는 웃을 수 있는 느낌을 많이 만들었으면 좋겠습니다.

소재원

제가 낸시랭 누나를 존경한다고 하면 사람들은 어이없어 하는 표정을 합니다. 왜 낸시랭을 존경하느냐고 반문하는 사람들도 많습니다.

저는 묻고 싶습니다.

자신의 신념을 지키는 일이 얼마나 힘든지 알고 있는지.

당신은 어떤 모습으로 비춰지든 두려워하지 않고 떳떳하게 나아가고 있는지를 말입니다.

당신은 실패를 두려워하지 않고 도전하고 있느냐고.

청춘을 가장 유용하게 사용하는 그녀를 존경합니다.

낸시램

저는 잘 울지 않았습니다.

그런데 잘 알지도 못하는 사람 앞에서 한 번 울어본 적 있습니다.

바로 소재원.

제 마지막 청춘에 이렇게 좋은 동생이 선물로 다가왔다는 것에 행복합니다.

청춘은 소중한 인연을 많이 만들어주는 것 같습니다.

놓쳐버리는 건 바로 우리들이 아닐까요?

소재원

어른이 된다는 건 부담스러운 일입니다.

어른으로 살아간다는 건 따분한 일입니다.

하지만 언제까지 사춘기 소년처럼 살아갈 수도 없는 일입니다.

그래서 저는 다짐했습니다.

'늙어 죽을 때까지 청춘을 놓지 않겠다. 청춘이 떠나는 순간은 내가 스스로 어른이 되었다 느끼는 순간뿐이다!'

제가 놓지 않는 한 같이 있을 청춘. 저는 계속 실패하고 넘어질 것입니다. 그래도 일어납니다. 나는 청춘이니까!

낸시랭

살아가면서 제일 두려운 일은 뭘까요?

누군가가 내 곁을 떠나는 일?

사업이 잘못되어 망하는 일?

몸이 아파서 움직이지 못하는 일?

아닙니다.

제일 두려운 일은 이 모든 걸 실패했다고 인정해 버리는 겁니다.

인정하지마세요. 인정할 일은 세상에 없습니다.

정주영 회장의 책 제목을 보세요.

'시련은 있어도 실패는 없다.'

소재원

행복이 뭐라고 생각하세요?

좋은 차를 소유하고, 좋은 집을 사고, 예쁜 옷을 걸치고, 명품이 많아서 사람들이 나를 보며 부러워하면 과연 행복할까요?

아닙니다. 부러움은 행복이 아닙니다. 여러 사람과 웃음을 공유하는 일이 바로 행복입니다.

낸시랭

지금까지 살아오면서 느낀 게 있습니다.

실행하지 않으면 아무것도 돌아오지 않습니다.

소재원

목적 없는 배는 바다에서 평생을 떠돌다 좌초될 것입니다.

하지만 목적지가 있다면, 아무리 먼 곳이라 하더라도, 풍랑을 만난다고 하더라도 반드시 도착하게 될 것입니다. 청춘은 절대 좌초되지 않으니까요. 해일이 배를 덮쳐오고 폭풍이 거세게 불어와도 절대 난파당하지 않는 보호막을 우리에게 선물했으니까요.

낸시랭

하나만 알고 있으면 됩니다.

지금 내가 찾고자 하는 것!

그럼 길은 자연스럽게 열립니다.

소재원

통장 잔고가 바닥이 나버린 적이 있었습니다.

희한하게도 초조하거나 불안하지 않더라구요.

답은 간단했습니다.

저는 책임질 누군가가 없었던 것입니다.

이 하늘 아래 몸뚱이 하나 건사 못할까요?

하지만 우리는 준비해야 됩니다.

앞으로는 누군가를 책임져야 하는 나이가 찾아 올 테니까요.

낸시랭

인생에서 싸우지 않고 피해 갈 수 있는 일은 하나도 없어요.

우리가 세상에 태어나면서부터 세상에 부딪힐 수밖에 없어요.

죽음을 피할 수 없는 것처럼 진리가 그래요.

소재원

아버지께서 그러셨습니다.

"너는 세상에서 가장 쓸모없는 놈이다."

저는 화를 냈습니다.

"아빠가 나에 대해 뭘 안다고 그래!"

아버지께서 말씀하셨습니다.

"화를 낼 줄 아는 걸 보니 전혀 쓸모없는 놈은 아니네. 그럼 보여줘. 증명해 봐. 증명되지 않은 일에 화를 내는 건 바보들이나 하는 짓이야. 나는 네가 쓸모 없는 놈이라는 걸 당장이라도 증명할 수 있다. 너는 네가 쓸모없는 놈이 아니라는 걸 어떻게 증명할래?"

저는 아버지께 약속했습니다.

"5년만 기다려! 증명해 보일 테니까."

저는 작가가 되었고 아버지께서는 저에게 말씀하셨습니다.

"미안하다. 증명했구나!"

저는 지금까지 열심히 달려왔습니다. 제가 가치 있는 존재라는 걸 증명하기 위해서. 당신은 어떠한가요? 당신이 가치 있는 존재라는 걸 증명할 충분한 증거를 가지고 있나요?

낸시랭

기다리지 마세요. 지금 이 순간이 당신이 기다렸던 순간이니까.

현재, 바로 지금입니다. 우리가 기다린 순간은.

소재원

많은 사람들이 저에게 물어봅니다.

"어린 나이에 대단하세요. 어떻게 소설가가 되실 생각을 했어요?"

저는 말합니다.

"당신과 같은 사람들에게 대단하다고 이야기 듣고 싶어서 소설가가 됐어요."

당신의 삶과 제 삶은 별다를 바가 없습니다. 특별함을 부여하려거든 스스로에게 먼저 하십시오. 청춘은 동경을 할 시간이 아닙니다. 동경은 청춘에 실패한 자들의 몫입니다.

낸시랭

장애물이 나타났을 때 딱 두 분류의 사람들이 존재합니다.

'넘어야겠다.'

'돌아서 가야지.'

돌아서 가는 데 시간을 허비할 거라면 저는 기를 쓰고 장애물을 넘겠습니다.

여러분은 어느 쪽 사람이 되시겠습니까?

소재원

"작가님도 후회를 하세요?"

한 청년이 물었습니다.

"늘 후회해요. 지금도 후회합니다."

"왜요?"

"지금이 아니면 할 수 없는 일들이 많거든요. 그것들을 귀찮다는 이유로, 힘들다는 이유로 하지 않고 지나칠 때가 자주 있어요. 가령 글귀를 적는 일들이나 소설 시놉을 짜는 일도 그래요. 그래 놓고 후회하죠. 떠올랐을 때 바로 실천했더라면 아마도 희대의 베스트셀러가 나왔을 거예요. '나중에 하면 되지'라는 나약함 때문에 놓쳐버린 엄청난 이야기들이 너무 많거든요."

떠오르는 것들은 바로 실천하세요. 하찮은 것일지라도 무조건 실천하세요. 그럼 그 중 하나는 빛을 봅니다.

낸시랭

성공한 사람들은 공통점이 있습니다.

바로 무식하리만큼 단순하다는 겁니다.

복잡한 계획을 세우지 않습니다.

무조건 행동합니다. 머리보다 몸이 먼저 움직이지요.

머리를 많이 쓰게 되면 몸이 둔해집니다.

타이밍을 놓치게 됩니다.

소재원

그저 그런 사람들의 한탄을 보면 똑같은 이야기들이 반복됩니다.

'정부 때문에 서민이 힘들다.'

'부자들 때문에 없는 사람이 더 없이 사는 거다.'

자신의 잘못은 없습니다. 모두가 남의 잘못입니다.

낸시랭

집이 없는 사람들은 집의 소중함을 압니다.

돈이 없는 사람들은 돈의 소중함을 압니다.

차가 없는 사람들은 차의 소중함을 압니다.

그런데,

소중한 것을 얻으려 노력하지 않습니다.

무엇이 소중한지 잘 알고 있으면서 얻으려는 노력은 하지 않습니다.

소재원

어느 분이 말했습니다.

"작가님. 어르신들 말고 아이들에게도 기부를 좀 해주세요. 미래를 이끌어갈 꿈나무들이잖아요."

제가 말했습니다.

"왜 내게 강요하십니까? 나에게 그럴 권리가 당신에게 있습니까? 낭신이 하시면 되잖아요."

사람들은 자신이 타인에게 하는 비난은 정당하다 생각합니다. 반대로 타인이 자신을 비난하는 것은 용서하지 않습니다.

자신이 요구하는 건 당연합니다. 반대로 타인이 자신에게 요구하면 그건 불합리한 말도 안 되는 일이라 악다구니를 씁니다.

낸시랩

목이 부어 며칠 동안 아무것도 먹지 못했었습니다.

그렇게 고생하고 어느 정도 괜찮아지니 날아갈 듯이 기뻤습니다.

이제는 먹고 싶은 것들을 마음껏 먹을 수 있다는 생각에 즐거움이 앞섰습니다.

그런데,

어느새 그 감사함을 또 잊고 살아가고 있습니다.

소재원

여러분! 청춘을 기계음 가득한 클럽에서 사용하시겠습니까? 아니면 자신의 미래를 위한 투자에 사용하시겠습니까?

이 물음에 모두들 후자를 택할 것입니다.

하지만,

행동은 그렇지 못합니다.

반문하는 이들이 있을 것입니다. 적당히 즐기면서 알뜰하게 청춘을 사용하겠노라고. 하지만 저는 지금까지 그런 청춘을 본 적이 없습니다. 취업난에 시달리는 현 시대가 그것을 증명합니다. 사회와 경쟁자들을 욕할 것인가요? 앞에서 말했듯이 남 탓만 하는 부류의 하나일 뿐입니다. 사회는 그대들의 절규를 들어주지 않습니다.

낸시램

집에 돈이 많이 있어요?

다른 사람들보다 스팩이 좋아요?

그것도 아니면 명문대학교에서 우수한 성적을 거뒀나요?

3개 국어 정도는 하실 줄 아나요?

부모님 주위에 괜찮은 인맥들이 많이 있습니까?

위 조건에 들어가는 대한민국 국민이 얼마나 될까요?

부러워 할 시간에 노력하시길.

새벽 2시 12분, 저는 글을 쓰고 있습니다. 누군가는 술을 먹고 있을 테지요?

누구는 인생투자에 노력하고 있겠군요.

어떤 사람이 올바른 인생을 사는지는 모두가 알고 있잖아요.

소재원

개인적 홈페이지에 좋은 글귀나 교훈적 글귀를 모아 놓는 사람들을 수도 없이 봐왔습니다. 저는 문득 생각했습니다.

"저 사람들이 자신의 홈피에 써져 있는 글귀대로만 살아간다면 지금쯤 많은 사람들의 존경을 받고 여유로운 생활 속에 행복을 느끼고 살아갈 텐데. 정작 이 땅에는 그런 사람들이 별로 없단 말이야."

낸시랭

사람이 재산인 줄 알고 살아왔습니다.

그런데 정작 진짜 재산은 내 자신이었습니다.

그리고 마음을 나눌 사람 몇몇만 존재한다면 나는 충분히 행복한 사람입니다.

많은 사람을 만나기 위해 밤에 술을 들이붓는 일보다는 자신을 위해 시간을 써야 할 때입니다.

내가 성공하면 사람들은 따라오게 되어 있습니다. 그 안에서 내가 실패를 하더라도 남아 있을 몇몇만 있으면 충분합니다.

소재원

'즐길 줄 모르면 성공도 없다!'

이 이야기는 거짓말입니다.

여러분, 모두가 다른 삶을 살아가는데 어찌 정의를 내릴 수 있을까요?

성격도 다르고 얼굴도 다르고 가족관계나 모든 것이 다른 사람들인데 사람들은 왜 한 가지로 정의하려고만 할까요?

답은 없습니다. 다만 참고가 될 수는 있습니다.

누군가에게 답을 찾으려 하지 마세요. 누군가에게는 답을 찾기 위한 지름길만 있을 뿐입니다.

여러분은 지침을 내려준 그 사람이 절대 될 수 없습니다. 그대는 그대입니다.

낸시랭

불합리한 조건에 구구절절한 한탄만 하지 말고 실행하세요. 그럼 바뀝니다. 우리나라의 민주화가 이루어졌듯이…. 그럴 자신이 없으면 묵묵히 살아가고 견뎌내세요. 말도 안 되는 세상에서 말도 안 되는 일은 빈번히 일어납니다. 바꿀 자신이 없으면 맞춰가세요. 하지만 저는 언젠가는 바꿀 겁니다. 때를 기다리는 일도 중요하다 생각합니다.

소재원

처음 하는 모든 것을 행하세요. 청춘이 지나간 뒤에 행하게 되면 일어날 수 없습니다. 처음의 아픔을 모두 경험하세요. 처음이 어렵지 두 번은 쉽습니다. 두 번의 실패는 존재하지 않습니다.

낸시랭

모든 좋은 습관은 청춘에 기르시길 바랍니다. 청춘의 좋은 습관은 절대 나를 배신하지 않습니다. 지금부터 길러야 하는 습관들을 적어보시기 바랍니다. 청춘에 준비되지 않은 습관은 어느 순간 독이 되어 돌아옵니다. 술을 마신 뒤 부리는 주사를 예로 들면 쉽겠지요.

소재원

투자를 위해 주식을 공부한다면 그대는 정말 안타까운 사람입니다.

스스로를 믿는다면 그대 자신에게 투자하세요. 돈에 의존하는 사람이 되는 순간 그대는 이미 패배자입니다.

낸시랭

인생의 시간표를 가지고 있는 사람은 얼마나 될까?

여러분은 인생의 시간표가 있으세요?

소재원

고민하고 아파하고 미래에 대한 불안을 가진다는 것은 아직 청춘이라는 반증입니다. 청춘만이 느낄 수 있는 고뇌이자 특권입니다.

낸시랭

사람들이 나를 어떻게 기억하길 바라나요?

저는 사람들이 다른 사람에게 나에 대해 물어 볼 때 단 하나의 말을 전해주길 바랍니다.

"낸시랭? 정말 당당한 사람이지!"

소재원

"너 정말 돈만 아는 거니? 젠장! 내가 왜 이렇게 죽어라 글을 써야 하는데!

널 만족시키기 위해서 쓰는 글이 아니야!" 제가 소리쳤습니다. 그녀가 말했습니다.

"미친 놈! 너 따위가 글이라도 안 쓰면 뭐하게? 인간쓰레기로 평생 살아갈 거야? 네가 선택한 길에 왜 딴지를 걸어?"

맞습니다. 저는 글이 아니면 아무것도 아닌 사람입니다. 오히려 쓰레기입니다. 그대들은 그대들을 대변할 무언가가 있는가!

낸시랭

부모님들의 자체가 바뀌어야 합니다.

자식의 꿈을 무시하지 마세요.

자식의 길을 결정하려 하지 마세요.

대기업에 들어가고 돈벌이 좋은 인생이 가치 있나 가르치지 마세요.

아이들은 불행 속에 살아갑니다.

돈의 전쟁터에 내모는 행동이 정녕 아이들을 위한 가르침일까요?

소재원

제 작품 〈형제〉에서 이야기했던 문구가 있었습니다. 그 문구를 인용해서 이야기하고 싶습니다.

우리는 세월이 지나면서 새로운 가족을 만나게 됩니다.

10대에서 결혼하기 전까지 우리는 엄마, 아빠, 나, 기타 형제의 이름을 가족이라 적습니다.

그럼 결혼하고 나서는?

남편이나 아내 내 자식들을 가족이라 적습니다.

등본상에서도 그렇습니다.

우리의 기억에서 부모님의 이름은, 형제들의 이름은 어디로 가는 것일까요?

청춘들이여! 기억하자! 사라지는 이름들을….

소재원

누나! 고생했어요!

누나의 해피바이러스가 모든 이에게 전파되길….

낸시랭

소 작가! 수고~ 수고~

둘이 책을 쓴다는 일에 어렵기도 힘들기도 했지만 정말 좋은 시도이자 감동

이었어~

항상 행복하자.

지은이 이야기

낸시랭·소재원

나와는 전혀 통할 것 같지 않았던 그녀, 솔직히 우리는 전혀 다른 생각을 하고 그 무엇도 서로가 통하지 않는다. 우리는 '예술로 삶의 아름다움을 만들어보자!'라는 공통된 목표 이외에는 너무도 다른 삶과 생각을 가지고 있다.

그런 그녀와 내가 공동집필이라는 무모한 도전을 한 이유는 단 하나였다. 서로가 다르기에 얻을 수 있는 다양한 삶의 노래.

나는 그녀와 이번 작품을 상의하기 위해 조용한 커피숍을 찾았다. 꽤 오랜 시간 그녀를 봐왔지만 적응이 되지 않는 그녀였다. 상쾌한 나무향이 진한 산 속 커피숍은 진지한 작품이야기를 하기에는 안성맞춤이었다.

내가 먼저 도착해 그녀를 기다렸다. 내가 페퍼민트의 향을 즐기려는데, 그녀의 성격과 딱 어울리는 독특한 모양의 차가 주차장에 거칠게 정차했다. 급하게 내린 그녀가 나를 향해 걸어왔다.

"재원! 언제 왔어!"

뭐가 그리 해맑은 것인지 오자마자 그녀는 웃음을 보였다. 나는 자리에서 일어나 깍듯하게 허리를 굽혔다.

"뭐야? 뭐가 아직도 그렇게 딱딱해?"

다짜고짜 나와 포옹을 하는 그녀가 가방을 테이블에 올려놓고 자리에 앉았다. 그녀의 입은 거침이 없었다.

"7일 날 술자리에서 새벽 1시에 헤어지고 오늘 2시에 만났으니 정확히 3일 하고도 한 시간 만이네?"

"누나는 대단해요. 그런 것도 기억하고 있다니."

"삶 자체가 예술이니까. 내 인생이 하나의 캠퍼스고 시간과 만남은 물감이 되는 거니까."

"하하! 그래요. 항상 누나는 예술을 생각하죠. 오늘 만난 이유는요."

내가 본론을 꺼내려는데 그녀가 내 입을 막았다.

"뭐야? 만나자마자 작품이야기하려는 거야? 뭐가 그리 급해? 릴렉스하자고."

그녀는 3일 동안 나에게 무슨 일이 있었는지를 물었다. 나는 형식적인 대답들만을 나열했다. 나의 머리는 이미 작품에 대한 이야기들로 가득차 있었기에 그녀와의 수다에 그리 흥미를 느끼지 못하고 있었다. 그녀는 30분 동안 안부를 물은 뒤 자신의 지난 3일에 대해서 이야기했다. 자신의 작업실에서 하루 종일 밤을 지새우며 그림을 그린 이야기부터 방송일정을 소화했던 이야기, 그리고 지난 3일 동안 만난 사람들과 행복했던 기억을 거침없이 끄집어냈다.

"정말 재미있었겠지?"

그녀는 아이와 같은 웃음을 보이고 있었다. 나는 '네. 재미있었겠네요.'라고 대충 말을 내뱉었다. 한 시간 동안 잡다한 수다를 이어가고 나서야 비로소 그녀와 나는 작품에 대한 이야기를 할 수 있었다.

나는 그녀에게 남자와 여자가 느끼는 감정을 에세이로 풀어내자 제의했다. 단 교훈을 주는 주제로 하자 제안했다. 내 말에 그녀의 표정이 별로 좋지 않았다.

"교훈도 좋지만 남자와 여자가 느끼는 사랑은 어때? 너도 사랑을 했었고 나도 해봤잖아. 그럼 그 감정에 대한 느낌을 적어보는 건 어떨까?"

"그것도 좋네요. 그럼 1장은 교훈적 이야기로, 2장은 사랑으로 정하죠. 이 작품은 꽤 장기간 준비를 해야 할 것 같아요."

"그래도 하자. 재미있을 것 같아."

그녀는 흔쾌히 결정했다. 작품에 대한 심층 있는 의견들을 주고받는 도중 그녀가 말했다.

"재원아, 그런데 너는 왜 매일 삶이 전쟁 같아?"

"왜 그렇게 생각해요?"

"그냥 너를 보면 그래. 문학을 즐기지 못하고 고통스러워하거든. 뼈를 깎는 듯한 고통이 느껴져."

"하하, 원래 다 그런 거예요. 다른 소설가들도 모두 그런 고통 속에서 작품을 탈고하죠."

"즐기면 좋은 작품이 안 나와?"

"네?"

나를 이해 못 하겠다는 그녀의 표정에 적잖은 당황을 했다. 그녀는 식어 버린 커피를 입에 가져갔다. 내가 멀뚱멀뚱 그녀의 다음 이야기를 기다렸다. 그녀는 한참 나의 표정을 커피와 같이 음미하고 즐기더니 말을 이었다.

"즐기면서 하면 좋은 작품이 안 나오냐고. 왜 사람들은 고통과 인내, 그리고 힘겨움이 있어야 명작이 탄생한다 믿을까? 재미있게 즐기면서 그린 그림이나 문학은 별로 좋지 않은 건가? 이해할 수 없어."

역시! 그녀와 나는 달라도 너무 달랐다. 하지만 그녀의 말이 틀린 말은 아니었다. '나도 모르게 즐기면서 하는 일이라'라고 중얼거렸다.

그녀와 함께 하는 이 작품은 많은 이들에게 사랑 받을 것이라 믿어 의심치 않는다. 너무 다른 사람 성별도 다르고 각자의 분야도 다르다. 생각도 다르고 느끼는 감성도 다르다. 하지만 '나는 틀리다'라는 표현을 쓰지 않았다. 그녀와 내가 다르지만 분명 틀린 삶은 아니기 때문이다.

누군가를 만날 때면 항상 압박감을 가지고 있는 동생을 만나러 가는 길이었다. 그는 그림을 그리고 소설을 쓰는 완벽한 예술인이었다. 나는 그를 누군가에게 소개할 때 천재성이 다분한 사람이라 이야기한다. 다만 그는 자신을 가두고, 철저하게 감정을 숨기고 살아간다. 사람들을 만날 때면 유머라고는 전혀 없는 사람, 이야기를 주고받는 자체가 일적이거나 형식적인 사람, 그러면서도 감성만큼은 넘쳐흐르는 사람, 바로 소재원이라는 동생이다. 정확히 3시에 약속 장소에 도착했다. 역시나 그는 나를 먼저 기다리고 있었고 혼자가 어색하지 않은지 자연스럽게 책을 읽고 있었다. 나는 반갑게 인사를 했지만 여전히 딱딱하고 거리를 두는 그는 앉자마자 작품이야기를 하려 했다. 열정이 있다는 것은 좋지만 그는 사람과 친해지는 방법을 모르는 사람이기도 했다. 그렇기에 언제나 외로움을 안고 사는 그였다.

그는 작품이야기를 하면서도 걱정을 하고 있었다.

"누나, 과연 이 작품이 잘 될까요?"

"왜 걱정을 해?"

"우린 너무 다르잖아요."

불안이라는 감정에 사로잡혀 사는 그가 안쓰러웠다. 내가 말했다.

"왜 그렇게 불안해하면서 글을 쓰려 하는 거야?"

그의 내답에 나는 이해할 수 없었지만 이해를 할 수밖에 없었다.

"목숨을 걸어야 하니까요. 매번 그래요. 나는 매번 작품에 목숨을 걸어요."

나와 그는 오랜 시간 작품을 준비했다. 공통분모가 존재하지만 서로의 분명한 색을 가진 우리는 결코 섞일 수는 없었다. 작품을 써내려가면서도 티격태격하는 일이 많았다. 하지만 글을 쓰면서 그는 존경을 표했지만 나는 고마움을 느꼈다. 나는 '왜 그게 존경이야?'라고 반문하면 그는 '저는 그런 삶을 살아오지 않았으니까요'라고 반격했다.

그가 '왜 그게 고마움이에요?'라고 반문하면 나는 '내가 모르는 삶에 대한 가르침을 줬으니까'라고 반격했다. 우리의 생각이 일맥상통하며 단어의 차이라 생각하는 사람들이 있을지 모르겠지만 고마움과 존경의 의미는 엄연히 다르며 작품을 보면 알겠지만 서로가 느끼는 감정 또한 너무 달랐다.

이 상반된 주장의 이야기들이 독자들에게 꽤나 흥미롭게 느껴질 거라 믿어 의심치 않는다.

에필로그

이런 장르를 어떻게 표현해야 할까?

자기개발서? 에세이? 아니, 이건 소설과 에세이의 중간이다. 즉 소설 에세이라는 표현이 가장 적절하며 아마도 모든 서점가의 에세이나 자기개발서는 에세이와 자기개발서가 아닌 소설 에세이라는 표현을 써야 옳을 것이다.

'왜?'라는 물음을 던지는 독자들이 많을 것이다. 나는 이 물음에 답을 이렇게 설명하고 싶다.

모든 이야기들은 그들이 살았던 일부분이다. 또한 모든 저자들이 자기개발서나 에세이를 집필할 때 자신들의 추한 모습은 그 안에 써넣지 않는다. 그뿐인가? 그들은 자신이 경험한 아주 작은 부분을 크게 부풀리거나 약간의 수정을 넣어 작품 속에 집어 넣는다.

즉, 완벽한 100%의 실화를 바탕으로, 자신의 모든 것들을 작품 속에 집어 넣지 않는다는 것이다.

그럼 독자들은 또 다른 '왜?'라는 물음을 던질 것이다. 거기에 대한 대답 역시 자신 있게 할 수 있다.

그들의 삶. 나와 다른 유명인, 나와 여러분의 삶은 별반 다르지 않기 때문이다.

유명인들이라고 우리와 같지 않을까? 부부싸움을 하고 술을 먹고 실수를 하고 누군가에게 꾸중도 듣고 자신의 인생에서 외로움을 느끼고 뭔가에 허탈함을 안고 살아간다.

그들의 작품에서 보여지는 모습만이 그들이라면 이미 그들은 예수와 부처와 같은 살아 있는 성인군자로 널리 인간을 이롭게 하는 뜻을 펼치고 있었을 것이다.

나 역시 그렇다.

작가로 살아오면서, 〈어린이 재단〉의 아동성범죄 지킴이로 살아오면서, 여러 기부 활동을 해오면서 항상 옳은 일들만을 부각시키지만, 결코 나는 작품에서 나오는 대로만 살아가는 사람은 아니었다.

나도 술을 마시고, 누군가와 연애의 실패도 맛보고 외로움을 느끼며 이런 소설 에세이를 쓰면서도 힘겨웠던 순간이 늘 있었다.

그런 우리의 모습은 같다. 하지만 다른 점이 한 가지 있다면 스스로의 삶을 관찰하고 반성한다는 것이다. 그리고 확대 해석할 것들은 확대 해석을 하고, 소설과 같이 공상을 하고 깨달으며 그 모든 일들을 행동으로 옮긴다는 것뿐이다.

낸시랭 누나와 내가 써내려간 이야기들에 재미를 느끼고 무언가를 얻었는가? 그런데 이 모든 상황은 여러분에게도 늘 찾아오는 일상들이다.

대부분의 사람들이 일상을 확대 해석하고 자기 나름대로 받아들이는 능력이 부족할 뿐이다.

잘 생각해 보라. 에피소드들로 묶여진 이 소설 에세이는 여러분의 주위에서도 충분히 일어나는 일들이다. 하지만 '특별하지 않다'라는 일상으로 여러분은 묶어버리고 매도했을 뿐이다.

여러분이 책으로 만나는 모든 교훈들은 여러분의 부모님, 친구, 은사님, 혹은 직장 동료나 어른들에게서 나오는 지극히 평범한 말들이라는 것이다.

나는 강의 때마다 하는 말이 있다.

여러분이 읽은 자기개발서나 에세이의 작가들이 여러분과 똑같은 삶을 살았나요? 여러분의 개개인의 모든 상황을 알고 있나요? 아니면 여러분은 그들과 같은 꿈을 꾸나요?

대부분의 사람들이 고개를 흔들거나 대답을 하지 못한다. 그럼 나는 또 질문한다.

그런데 왜 그들의 삶의 방식을 따라서 하려 하십니까? 여러분. 그들의 삶과 철학, 지식 수준, 꿈이 여러분과 너무도 다른데 그들의 삶을 따라한다고 해서 여러분이 행복해질 수 있겠습니까? 개성이 다르고 각자의 행복 철학이 다른데 말이지요. 제시자료, 혹은 어느 정도만 참고를 하면 되는 책들입니다. 그런데 여러분은 왜 그렇게 자기개발서와 에세이에 열을 올리십니까? 여러분이 읽어 온 책의 양이나 이렇게 강의를 들으러 온 시간에 비례해서 여러분의 위치나 만족도가 올라갔습니까? 아직도 부족하기에 여러분은 내 강의까지 들으러 오지 않았습니까?

사람들은 어리둥절한 표정으로 나를 바라보기 일쑤다.

나는 분명히 강조한다. 내 이야기는 하나의 제시일 뿐이며 여러분의 인생이 아니다. 참고자료일 뿐이지 이렇게 살면 모든 것이 풍요로워지고 행복해진다는 확신이 아니다. 나는 작가이고 여러분은 다른 직업을 가진, 혹은 다른 꿈을 가진 사람이기 때문에 우리는 똑같을 수 없다.

또 나는 이야기한다.

수많은 강의를 다녀온 여러분입니다. 수많은 자기개발서와 에세이를 읽었습니다. 그런데 여러분은 행동하지 않습니다. 우리 부모님 세대와는 분명히 다른 풍요가 찾아 왔건만 여러분은 만족하지 못하고 책상 앞에 앉아 있기만 합니다.

여러분. 왜 행동하지 않으세요? 이미 많은 지식과 지혜를 강의와 책을 통해서 배웠는데 왜 행동은 하지 않으십니까?

학원에 다니는 게 행동입니까? 좀 더 자신의 개발을 위해 책상에 앉아 있는 일 따위가 행동입니까? 공부만 했지 경험한 게 도대체 뭡니까?

20대 초반, 30대 초반인 여러분이 경험한 건 얼마나 됩니까?

성공한 사람들이 책상에만 앉아 있어서 성공했습니까? 아니면. 존경하는 여러분의 누군가가 책만 읽어서 존경 받게 됐습니까?

나는 묻고 싶다. 스스로의 지식과 스스로의 지혜에 비해서 얼마나 행동하고 경험했는지를….

많은 사람들이 멘토를 찾아다닌다. 하지만 수많은 사람들 중 자신 스스로를 멘토로 지정하는 사람은 한 명도 없었다. 청춘에 있어서 가장 값진 멘토는 스스로이며 스스로의 경험이다.

스스로를 사랑하고 존경할 줄도 모르면서 다른 사람만 찾아 헤매는 것인가? 그럼 누군가가 자신의 인생을 설계해 줄 것 같은가?

스스로를 사랑하고 존경할 줄 모르니 스스로의 인생은 그저 평범한 일상이라 느끼는 것이다. 스스로를 아낀다면 분명 일상이 소중해지고 그 가운데 여러분이 그렇게 발로 뛰고 찾아다녔던 강의 내용들과 책상에서 읽었던 내용들이 일상에 있었다는 것을 깨닫게 될 것이다.

나는 여러분께 말하고 싶다.

완벽한 에세이는 없다. 모두가 치장하고 교훈을 위한 맞춤형의 소설 에세이일 뿐이다. 감동을 주고 인생의 교과서가 되기 위해 모든 집필자들은 스스로의 과오와 크나큰 실수, 비난 받을 행동들은 결코 작품에 집어 넣지 않는다.

난 여러분께 또 한 가지를 묻겠다.

여러 존경하는 사람들에게는 엄청난 과장법을 사용한다. 하지만 여러분 스스로에게는 축소법만을 사용하고 있다.

여러분에게 과장법을 사용하고 여러분 주위의 모든 사람들에게 축소법을 사용해 보는 것은 어떨까?

여러분이 감히 근접할 수 없다 느낀 사람들에게는 정치인을 우습게 보듯 축소법을 사용해 보며 지금까지와는 정반대로 생각을 해보는 건 어떨까?

이 물음에 긍정을 나타내기를 간절하게 바라는 바이다.

마지막으로 나는 소설 일기를 써보라 권해보고 싶다.

지금까지 읽어 내려 온 소설 에세이와 같이 여러분도 일상의 한 부분을 부각시키고 과장법을 사용한 소설 일기를 써 본다면 많은 부분에서 스스로에게 교훈을 얻을 수 있을 것이라 믿어 의심치 않는다.

나는 감히 말하고 싶다.

여러분의 인생이 곧 교훈이자 가장 아름다운 청춘이라고….

스스로의 인생을 사랑하고 스스로가 스승이 되는 법을 먼저 배웠으면 하는 애절한 바람이다.

소재원 드림

나도 청춘의 시간을 보내왔다. 내가 누군가에게 꼭 해주고 싶었던 이야기들. 마지막으로 소재원 작가가 말한 모든 이야기들은 내가 누군가에게 해주고 싶었던 이야기였다.

여러 회사를 운영하면서 경험한 모든 것들을 이야기하고 있는 이 작품에 끊임없는 찬사를 보낸다. 내가 알고 있었지만 놓치고 살았던 이야기들까지 전해 주는 이 책으로 인해 다시 한 번 소중한 과거를 살아보고, 경험하는 시간을 갖게 됐다.

－김병찬(선보하이텍 대표)

나는 얼마나 청춘을 알차게 보내고 있었을까? 이 책을 읽자마자 나는 작가에 대한 배신감을 이겨낼 수 없었다.

내가 알고자 했던 모든 것들을 적어 놓았지만, 결국 이 모든 것들에 대해 비난하는 반전은 충격이었다. 또한 스스로를 반성하게 했지만 배신감 역시 따라왔다.

작가에게 들었던 배신감을 나는 교훈으로 삼을 것이다. 당연히 그래야 한다. 나는 청춘이니까.

－김동희(가수)

청춘이라는 시간이 소중하다는 말. 늘 하고 있었지만 나는 정작 느끼지 못하고 살아왔었다.

아름다웠다. 그리고 작가의 따끔한 질책과 당황스러운 마지막 설정은 나에게 충격으로 다가왔다.

충격요법으로 새로운 내 청춘을 경험할 수 있을 거라 생각하니 설렘이 찾아온다.

―태인(가수)

한 남자가 있다. 한 여자가 있다. 이 둘은 청춘이다. 청춘을 살아가는 두 사람의 이야기에 아주 큰 감동을 받았다.

하지만 나 역시 독자일 뿐이었다. 그리고 청춘을 배우기만 하려 했었던 과거뿐이었다.

이 책은 이런 나의 모든 것을 바꿔 놓았다.

내 사랑하는 딸에게 꼭 읽어보라 권하고 싶다.

―유재환(영화 프로듀서 겸 겸임교수)

설렘과 힘겨움을 안고 나아가는 내 청춘에게 위로가 되는 책입니다. 청춘을 어찌 보내야 하는지 방황하는 이들에게 이 책을 권하고 싶습니다.

―토니 안(H.O.T 가수)

2030 두 청춘의 고민과 시련. 가슴 벅찬 설렘에 웃고 그들의 힘겨운 이야기에 또 안타까워도 했습니다. "가슴 설레는 삶을 살고 싶으세요?" 이 책으로 두 사람 이야기에 빠져보세요. 그리고 도전하세요! 오늘이 마지막 날인 것처럼~

—김영철(개그맨)

낸시랭만큼 맑고 밝은 사람이 있을까. 남보다는 자신에게 향하는 거울에 더 집중하는 그녀. 길이 없는 곳에 길을 만들고, 일상의 파격을 두려워마지 않는 아트파이터 낸시랭과, 역시나 반짝이는 생각으로 그녀와 조분조분 일상의 단편을 나누는 소재원.

청춘이란 것도 결국 행복을 찾아가는 과정이지 않나. 인생의 푸른 봄날에 관한 그들만의 선문답을 듣다 보면 나도 나를 비춰 주는 거울에 집중할 수 있을 것도 같다. 그러다 보면 길이 보이겠지?

—윤의준(SBS 펀펀투데이 PD)

낸시랭 누나의 독특함 그리고 넘볼 수 없는 색다른 세계…

함께 방송을 하며 느꼈지만 글로써 또 한 번 느낄 수 있었습니다. 낸시랭 누나의 최대 장점인 꾸밈없이 즉흥적인 표현들! 그 자체가 우리에게 긍정적인 힘이 될 수 있을 것 같습니다.

청춘! 이 하나의 단어가 벅차오르는 제 삶에 청춘이란 힘을 주셨네요.

그리고 소재원 작가님의 따끔한 충고가 담긴 청춘! 두 분의 조화가 정말 잘 어울려진 것 같아요. 나이를 불문하고 자신의 영혼 속, 청춘의 길을 잘 알려주는 책인 것 같습니다!

-세용(아이돌그룹 My Name)

낸시랭 누나의 긍정의 힘! 항상 같이 촬영하면서도 누나에게서 에너지를 느끼고, 그 에너지를 얻고 싶었는데 이 책을 통해 많은 걸 얻은 것 같습니다. 또 그 안의 소재원 작가님의 꾸밈없는 이야기는 바로 청춘이라는 우리의 소중한 시간을 느끼게 해 주는 책입니다.

지나고 나면 지금 이 시간이 청춘이란 걸 느끼겠죠?

-인수(아이돌그룹 My Name)

팝아티스트 낸시랭

Website: www.nancylang.com

http://www.facebook.com/OfficialNancyLang

E-mail: nancylang@hanmail.net

Education

2002 홍익대학교 미술대학 대학원 서양화과 졸업 및 석사학위 취득(M.F.A)

2000 홍익대학교 미술대학 서양화과 졸업 및 학사학위 취득(B.F.A)

1995 브랜트 인터내셔널 하이스쿨 졸업 및 National Honor Society & I.B Certificate 취득

Solo Exhibitions

2010 Beggar the Queen(UK Project) 런던, 영국.

2009 캘린더 걸, 장은선 갤러리, 서울, 한국.

2007 터부요기니 시리즈 인 파리, Galerie Martin et Thibault de La Chatre, 파리, 프랑스.

2007 낸시랭, 플래트론을 만나다, 갤러리 서호, 서울, 한국.

2006 아티스트 낸시랭의 비키니 입은 현대미술, 갤러리 쌈지, 서울, 한국.

2005 터부요기니 시리즈 2, 갤러리 드맹, 서울, 한국.

2004 언노운 나이트 위드 낸시랭, 청담동 'S' bar, 서울, 한국.

2004 SFAF 한국현대미술 10일장—YOU LOST, 예술의 전당, 서울, 한국.

2003 MANIF9! 2003 서울국제아트페어—터부요기니 시리즈 1, 예술의 전당, 서울, 한국.

2002 에너지 플로우, 관훈 갤러리, 서울, 한국.

2001 플라이 미 투 더 파라다이스, 덕원 갤러리, 서울, 한국.

Special Project

2010 U.K.Project; 유나이티드 킹덤 오브 낸시랭(United Kingdom of Nancy Lang)-낸시랭 나라건국 거지여왕(Beggar the Queen) 퍼포먼스 프로젝트, 런던, 영국.

2006 낸시랭 뮤지엄(Nancy Lang Museum), 대구 동아백화점, 한국.

2005 쌈지-낸시랭 2006 S/S 패션쇼, 트라이베카 청담동, 서울, 한국.
낸시랭 라인 브랜드 인 쌈지. 낸시랭=멀티플레이어=광고모델+아트디렉터+패션 디자이너+패션모델

2005 패션브랜드 프랑스 루이비통과의 콜라보레이션 프로젝트, 나는 루이비통이 맛 있어!(I Feel Louis Vuitton is Delicious!) 비디오작품, 루이비통 에비뉴엘, 서울, 한국.

2003 락그룹 린킨파크와의 콜라보레이션 프로젝트, 워너뮤직 코리아, 서울, 한국.

2003 퍼포먼스 프로젝트, 초대받지 않은 꿈과 갈등-터부요기니 시리즈, 베니스 비 엔날레 루마니아 국가관과 산마르코 광장, 뉴욕의 타임스퀘어와 메트로폴리탄 뮤지엄, 이탈리아와 미국.

Commercial

2007 주식회사 LG전자, LG 와이드 플래트론 컴퓨터 모니터 광고모델, 한국.

2006 주식회사 KT, 인터넷 메가패스 텔레비전 CF광고모델, 한국.

2006 주식회사 삼성 브랜드이미지 광고모델, 한국.

2005 주식회사 쌈지와 낸시랭 라인 브랜드 광고모델, 한국.

Book

2010 낸시랭의 『난 실행할거야!』(낸시랭의 첫 자서전), 주식회사 사문난적, 한국.

2008 엉뚱발랄 미술관, 주식회사 박영북스, 한국.

2008 매거진 낸시랭, 출판: 낸시랭과 터부요기니 미디어그룹, 서울, 한국.

2006 아티스트 낸시랭의 비키니 입은 현대미술, 주식회사 랜덤하우스중앙, 서울, 한국.

Broadcasting

2011 〈스타킹〉, 메인고정패널, SBS TV, 한국

2010 〈스타킹〉, 메인고정패널, SBS TV, 한국.

2010 〈강심장〉, 메인고정패널, SBS TV, 한국.

2009 고품격 시사경제토크쇼 〈박경철의 공감 80분〉, 메인고정패널, 케이블TV MBN 뉴스 채널, 한국.

2009 〈낸시랭의 더 시크릿 쇼〉, MC프로그램진행자, 케이블TV CJO쇼핑 채널, 한국.

2008 〈매거진 'S'〉, 3MC프로그램진행자, 케이블TV 동아TV 채널, 한국.

2008 〈토크 어라운드〉, MC프로그램진행자, 케이블TV Arirang아리랑채널, 한국.

2007 〈재미있는 TV 미술관〉, MC프로그램진행자, KBS1 TV, 한국.

2007 〈낸시랭의 하와유〉, MC프로그램진행자, 케이블TV CTS 채널, 한국.

2007 〈낸시랭의 컬쳐엔진〉, MC프로그램진행자, 케이블TV TBS 채널, 한국.

2007 〈낸시랭의 'S'〉, MC프로그램진행자, 케이블 TV YTN Star 채널, 한국.

2006 〈인간극장〉 5부작－미워할 수 없는 그녀, 다큐주인공, KBS1 TV, 한국.

2006 〈낸시랭의 트렌드리포트 필〉, MC프로그램진행자, 케이블TV M-net 채널, 한국.

2005 〈파워 인터뷰〉, 메인고정패널, KBS1 TV, 한국.

2005 〈싱글즈 인 서울－콘트라 섹슈얼〉, 다큐주인공, 케이블TV On Style 채널, 한국.

Residences

2008 갤러리 박영 레지던시 1기 작가, 갤러리 박영, 파주, 한국.

2007 쌈지 스페이스 레지던시 8기 작가, 쌈지스페이스 홍대, 서울, 한국.

Selected Group Exhibitions

2011 현대미술 루트전, 예술의전당 한가람미술관, 서울, 한국.

2010 부산비엔날레, 부산, 한국.

예술가 프로덕션, 서울시립미술관, 서울, 한국.

아이 로봇(i Robot), 조선일보미술관, 서울, 한국.

한국현대미술의 흐름 III－POP ART, 김해문화의 전당 윤슬미술관, 김해, 한국.

아트 앤 아투, 두산아트스퀘어, 서울, 한국.

신존의 빨간 블라우스 아가씨, 신촌 현대백화점, 서울, 한국.

아티스타(Artistar), 롯데백화점 롯데갤러리, 아트블루, 서울, 한국.

Byul Collection Now, 별켈렉션, 서울, 한국.

2009 앵그르 인 모던, 앵그르 뮤지엄, 몽토방, 프랑스.

랄랄라, 롯데갤러리, 안양, 한국.

2008 Fun Fun, N Gallery, 분당, 한국.

2007 한국의 행위미술 1967~2007, 국립현대미술관, 과천, 한국.

2007국제인천여성미술비엔날레-Knocking on the door-문을 두드리다, 인

천종합문화 예술회관, 인천, 한국.

ART 로봇, 광주시립미술관, 광주, 한국.

포장의 기술, 더 갤러리, 서울, 한국.

어린이미술-창작놀이(Animal in Art), 성남아트센터 미술관, 성남, 한국.

제5회 몽산포해수욕장 모래조각 경연대회 초청작가, 몽산포해수욕장, 태안군,

한국.

kid+adult, 장흥아트파크 특별기획전, 경기도, 한국.

Saw Be 소비, 가산화랑, 서울, 한국.

2006 한국 인도 현대미술-혼성(Hybrid), 예술의 전당, 서울, 한국.

Papertainer Museum 개관전-Paper Column Gallery 여력女力-역사 속의

여성, 서울 올림픽공원, 서울, 한국.

Who are you, 금호미술관, 서울, 한국.

제1회 신세계 아트페어-퍼플케익(Purple Cake), 신세계 본점 문화홀, 서울, 한국.

Vision 2006, 서울메트로 미술관, 서울, 한국.

Come-in 독일의 현대미술과 인테리어 디자인(Interior Design as a

Contemporary Art Medium in Germany), 코리아디자인센터 제2전시관, 서

울, 한국.

KAIST와 가나아트갤러리의 특별기획전-Robot, 인사아트센터, 서울, 한국.

2005 아트툰. 툰아트(Art Toon. Toon Art), 가일미술관, 서울, 한국.

KAIST와 가나아트갤러리의 특별기획전-과학 예술 10년후: Robot is coming,

대전 국립중앙 과학관 특별전시관, 대전, 한국.

단원미술제 현대미술전-안산 미디어 아트2005, 안산 단원전시관 3관, 안산, 한국.

팝 팝 팝(Pop Pop Pop) 가나아트갤러리 특별기획 한일현대미술전, 가나아트갤

러리, 서울, 한국.

2005 서울청년미술제-포트폴리오2005, 서울 시립미술관, 서울, 한국.

Daymark Inspiration, 스페이스 집, 서울, 한국.

그때 그상, 세줄갤러리, 서울, 한국.

2004 케미컬 아트(Chemical Art), 갤러리사간 기획, 갤러리 조선, 서울, 한국.

서늘한 미인, 서늘한 미인 아트북스, 노암갤러리, 서울, 한국.

광주비엔날레 먼지 한 톨, 물 한방울—낸시랭 사인회: 뷰티풀 몬스터, 광주비엔날 레, 제5전시실, 광주, 한국.

언노운 나이트 위드 낸시랭(Unknown Night with Nancy Lang): 아티스트 낸시 랭과 함께하는 파티와 문화를 접목한 프로젝트, 청담동 'S' bar, 서울, 한국.

SFAF 한국현대미술 10일장—YOU LOST, 예술의 전당, 서울, 한국.

2003 초대받지 않은 꿈과 갈등, 터부요기니 시리즈 2, 로아 멤버스 브랜드, 서울, 한국.

MANIF9! 2003 서울국제아트페어—터부요기니 시리즈, 예술의 전당, 서울, 한국.

환경미술전 생명과 숲 festival 2003

표층의 체온 II—Galerie VERGER 한·일작가 기획 초대전, Galerie VERGER, 일본.

표층의 체온 I—Galerie VERGER 한·일작가 기획 초대전, Galerie VERGER, 일본.

신진작가 수상자 기념 초대전, 노암 갤러리, 서울, 한국.

2002 환경미술전 2002—La Citta Ideale 이상도시, 서울시립미술관 600주년 기념관, 서울, 한국.

제8회 신진작가 발언전—공간의 미학, 예술의 전당, 서울, 한국 외 9회 그룹전.

나이 30세.
직업 소설가.

2008년   영화 비스티보이즈 원안 소설『텐프로』출간(베스트 10주).
2008년   르포소설『아비』출간(베스트 16주, 청소년 추천도서).
2009년   『밤의 대한민국』출간(영화 계약).
2010년   『살아가려면 이들처럼』에세이 출간(신현준, 한준호, 아나운서 간미연, 이지
          현, 홍수아 외 유명인사 10분의 추천 도서, 에세이 5주 1위).
2010년   『형제』출간(박하선 정태우 추천도서).
2010년   『희망의 날개를 찾아서』출간(나영이 아빠, 김경호, KCM 외 유명인사 10분
          의 추천도서)(영화 진행).
2011년   『아버지 당신을』출간.

기타.
    EPS 평생교육원 강의.
    SBS 인터뷰게임 2회출연.
    TVN 토론프로그램 2회 출연.
    한국해양대학교 인물 선정.
    한국청소년 방송 추천도서 작가 초청 출연.
    영화 홍신소 기범 씨 시나리오 각색.
    독립영화 두 편 시나리오 작업.